BIBLIOTHÈQUE

DE LA

JEUNESSE CHRÉTIENNE

approuvée

Par Monseigneur l'Archevêque

DE TOURS.

JAMES

OU

LE PÉCHEUR RAMENÉ A LA RELIGION PAR L'ADVERSITÉ

Par M. E. W.

QUATRIÈME ÉDITION.

TOURS

Ad MAME ET Cie, IMPRIMEURS-LIBRAIRES

1850

JAMES. P 123

JAMES

CHAPITRE I.

La dernière recommandation d'une mère.

La nuit venait d'étendre son voile sur la ville de Kilkenny en Irlande. Un des plus riches négociants de la province, M. Murphy, assis à son bureau, travaillait à régler ses comptes. De temps en temps il déposait sa plume, et à son air triste, aux larmes furtives qu'il essuyait de sa main, il était facile de voir que des pensées affligeantes remplissaient son âme.

Il avait une belle-sœur, alors très-malade, et qu'il aimait d'autant plus tendrement, que son épouse, femme haineuse et acariâtre, avait depuis longtemps rompu toutes les relations des deux familles. D'un moment à l'autre, il attendait la nouvelle de la mort de sa belle-sœur, et c'était ce qui le préoccupait à tel point, qu'à tout instant il était obligé de recommencer ses calculs.

Enfin il voit entrer le curé de la paroisse.

« Monsieur, lui dit le prêtre, je viens m'acquitter d'un douloureux message. Votre belle-sœur sent approcher sa fin; elle vous prie de venir lui parler. Elle a reçu tout à l'heure les derniers sacrements, et après s'être réconciliée avec son Dieu, elle désire aussi avoir de vous l'assurance que vous lui pardonnez tous les torts qu'elle pourrait avoir envers vous.....

— Elle se trompe, si elle croit que j'ai cessé de l'aimer, répondit M. Murphy. Ah! il ne m'en a que trop coûté de m'éloigner d'elle et de son fils. La seule crainte de voir la désunion régner dans ma propre famille m'a forcé à cette rupture. Elle vous en aura sans doute appris la cause?

— Pardonnez-moi, Monsieur, reprit le

curé; elle n'a accusé personne; mais j'ai cru entrevoir qu'elle n'est pas seule coupable.

— Coupable! elle ne l'est point du tout, la pauvre femme! poursuivit M. Murphy avec vivacité. Je connais la vraie coupable, et j'ai eu la faiblesse de ne pas arrêter le mal lorsque je le pouvais encore. Mais nous perdons un temps précieux. Partons. »

M. Murphy sortit avec le curé; un quart d'heure après il arriva chez sa belle-sœur. Il vit avec effroi les ravages que la maladie avait faits sur les traits de cette femme autrefois si brillante de fraîcheur et de beauté; et, s'approchant du lit, il lui prit affectueusement la main.

« Vous pleurez? lui dit la mourante d'une voix faible. Vous ne m'en voulez donc plus? vous m'avez pardonné?

— Vous n'avez point de pardon à me demander, répondit M. Murphy avec émotion; c'est moi qui ai besoin de votre indulgence. Pourtant ne croyez pas que j'aie oublié un seul instant les liens qui nous unissent, et l'amitié qui doit régner entre parents. Oh! non; mais.....

— Je vous comprends, reprit la malade.

Ah! j'ai bien eu aussi quelques torts envers votre épouse ; peut-être ne m'aurait-elle pas ainsi poursuivie de sa haine si j'avais été moi-même moins fière et plus patiente. Aujourd'hui je vais paraître devant mon Dieu ; je ne veux point quitter cette vie avec la moindre inimitié dans le cœur. Depuis longtemps j'ai oublié le mal qu'a pu dire de moi ma belle-sœur ; mais cela ne suffit pas. Elle pourrait croire que j'en conserve encore un fâcheux souvenir, et c'est pour lui demander le pardon réciproque de nos torts que je vous ai fait prier de venir. Je me suis adressée à vous, parce que je sais qu'elle n'aurait jamais consenti à la démarche que j'ai sollicitée de votre bienveillance. »

M. Murphy ne répondit point. Il se sentait lui-même coupable d'avoir montré trop de faiblesse. Après une courte pause la malade reprit la parole.

« Il me reste encore une prière à vous adresser, dit-elle. J'ai un fils, le seul enfant que m'ait laissé mon époux en mourant. Je crois avoir fait tous mes efforts pour lui donner une éducation chrétienne ; mais il est jeune, et je crains pour lui les séductions d'un monde dont il ne peut encore connaître la perversité. Après l'avoir recommandé aux soins de la Providence, je le recommande aussi aux vôtres. La loi vous nomme son tuteur; moi, je vous supplie d'être son père. J'aurais bien voulu vivre quelques années de plus pour assurer ses premiers pas dans la voie du salut. Dieu me refuse cette grâce; que sa sainte volonté soit faite; mais vous, mon frère, vous pouvez achever ce que j'ai commencé et donner à mon cher Patrick l'instruction dont il a besoin. Ah! faites qu'un jour il mérite d'être réuni à sa mère, au sein de ce bonheur éternel, où j'espère que la miséricorde divine me recevra bientôt.

— Tranquillisez-vous, ma sœur, répondit le négociant; vos vœux seront accomplis. Je prendrai Patrick chez moi, et il partagera l'éducation que je donne à mon fils. Il sera mon enfant, comme James; comme James, il trouvera en moi un père attaché à faire son bonheur. »

Au même instant arriva Patrick, que le curé avait mandé. C'était un enfant de douze à treize ans et d'une rare beauté. Ses yeux ordinairement si vifs étaient aujourd'hui rouges et inondés de larmes, et une pâleur mortelle avait remplacé l'incarnat de ses joues.

A la vue de son oncle, qu'il ne s'attendait pas à trouver là, il recula tout surpris; sa mère lui fit signe d'approcher, et il vint en pleurant se placer au pied du lit.

« Mon enfant, lui dit la mourante, bientôt tu n'auras plus de mère; mais il te reste deux pères : celui qui, par excellence, mérite ce nom, celui que je t'ai appris à invoquer dès que tu as pu bégayer les premiers mots; et ensuite ton oncle, à qui tu obéiras comme à moi même. Continue, mon cher enfant, à te conduire aussi bien que tu l'as fait jusqu'ici, et le Seigneur te consolera de la perte de celle qui t'aimait si tendrement. Fuis le péché; c'est le plus grand de tous les maux qui puissent arriver à l'homme. Tu as eu le bonheur, cette année, d'être admis pour la première fois à la sainte table, n'oublie pas les engagements que tu as pris alors, ou plutôt que tu as renouvelés, car on les avait déjà pris pour toi lorsque tu as reçu le saint baptême. O mon enfant! aime ton Dieu par-dessus toutes choses, car il t'a aimé le premier. Sois reconnaissant envers ceux qui te feront du bien, et surtout envers ton oncle, à qui je cède tous mes droits de mère, et qui n'usera de son pouvoir que pour son bien. »

Puis, étendant sa main défaillante sur Patrick, elle pria quelque temps à voix basse. Un instant après, elle avait cessé de vivre.

On fut obligé d'éloigner l'enfant, dont les cris déchiraient l'âme de tous les assistants. Son oncle voulait lui adresser des paroles de consolation, il n'en eut pas la force. Après avoir contemplé encore une fois à travers ses larmes les traits de celle qu'il ne devait plus revoir en ce monde, il s'éloigna tristement, et entraînant Patrick, qui voulait rester près de sa mère, il l'emmena sur-le-champ chez lui.

Le lendemain, la douleur de M. Murphy et de son neveu redoubla à la vue de la bière qui contenait les restes chéris de la défunte. Déjà le corps était descendu dans la fosse et recouvert de terre, et Patrick était encore agenouillé devant la croix que son oncle venait de planter. Il repassait dans sa mémoire les derniers conseils de sa mère, et priait Dieu de lui donner la force de les suivre fidèlement.

« O ma mère, ajouta le pieux enfant, vous

êtes maintenant dans le sein de Dieu; priez pour moi, veillez sur moi, pauvre orphelin, qui n'ai plus de secours à attendre que de la Providence. »

Patrick pressentait tout ce qu'il aurait à souffrir de la part de sa tante, et cette crainte, jointe à la douleur que lui causait la perte de sa mère, l'accablait tellement, qu'il fut obligé de s'appuyer sur le bras de son oncle pour retourner à la maison de ce dernier.

CHAPITRE II.

L'enfant gâté.

M. Murphy avait promis à sa belle-sœur plus qu'il ne pouvait tenir. Son caractère faible, incapable de s'opposer aux caprices et à la méchanceté de son épouse, le mettait entièrement à la discrétion de cette femme, que Patrick redoutait si vivement. D'ailleurs, tout entier à son commerce, il n'avait d'autres pensées que celles d'accroître sa fortune; et toutes ses peines, ses fatigues, ses soucis ne tendaient qu'à laisser à son fils un riche patrimoine. Il lui était aussi devenu impossible de surveiller les études de James, et de diriger sa conduite.

James avait atteint sa quatorzième année, et n'avait encore fait aucun progrès. Paresseux, léger, inconstant, il ne pensait qu'à jouer. Ses plus beaux moments étaient ceux qu'il passait avec les jeunes gens de son âge et de son caractère. Plein de mépris pour ses maîtres qu'il savait n'avoir pas une fortune comparable à celle dont il jouirait un jour, il ne suivait leurs leçons qu'avec répugnance, et souvent même il y manquait.

Comme son père, il n'était occupé que de l'espoir du superbe héritage que celui-ci lui laisserait après sa mort. Mais loin d'être reconnaissant des efforts que faisait ce père aveugle pour assurer son avenir, il ne sentait pour lui qu'une profonde indifférence. Un esprit plus observateur que M. Murphy aurait pu facilement reconnaître dans les manières hypocrites de James, combien l'attachement que lui témoignait cet enfant était peu sincère. Mais le négociant, qui ne voyait que par les yeux de sa femme, ne trouvait dans son fils que les qualités les plus belles et se berçait des plus douces espérances.

Mme Murphy, pour nous servir d'une expression que l'usage a consacrée avec raison, avait toujours idolâtré son enfant. Cet amour insensé et cruel prit une nouvelle force quand Patrick entra dans la famille. Elle n'avait pu s'opposer à l'admission de l'orphelin, qui était aussi son neveu ; en revanche elle lui montra toute l'aversion qu'autrefois elle avait témoignée à sa mère.

Les traits nobles et réguliers de Patrick rappelaient d'une manière frappante la beauté de celle qui lui avait donné le jour ; James, au contraire, avait été défiguré de bonne heure par la petite vérole, et cette cruelle maladie avait laissé des traces si profondes, que souvent sa mère en versait des larmes.

Jalouse d'entendre toujours les éloges flatteurs qu'attiraient à son neveu les charmes que la nature avait répandus sur sa personne, tandis que son fils était condamné à une laideur éternelle, elle ne s'en attacha que plus vivement à celui-ci, et chaque jour elle éprouva pour le premier un plus grand éloignement, ou plutôt une haine plus envenimée.

James haïssait son cousin pour le même motif ; mais ce qui le chagrinait encore davantage, c'était de voir les progrès que Patrick avait déjà faits dans ses études et ceux qu'il promettait de faire encore.

Patrick, qui craignait sa tante sans trop pouvoir s'expliquer la cause de cette crainte, n'en continuait pas moins de lui être soumis comme il l'avait été à sa mère. Sa soumission, loin de fléchir le cœur sec et jaloux de cette indigne parente, l'aigrissait encore davantage. Mme Murphy ne voyait dans ses manières douces et modestes que la marque d'un caractère faible ou hypocrite; au lieu que son fils était à ses yeux un enfant doué des plus belles qualités morales et intellectuelles. Elle aurait même vanté la beauté de son idole si elle l'avait osé.

Autant elle était dure et injuste envers son neveu, autant elle était faible à l'égard de James, qui pouvait se permettre tout sans crainte de déplaire à sa mère, et encore moins de s'attirer des reproches. Lorsqu'il se rendait à l'école, Mme Murphy ne manquait jamais de lui donner quelque argent pour acheter des friandises, et en le lui donnant elle lui recommandait toujours de n'en rien dire à son cousin.

James, habitué ainsi à satisfaire sa sensualité, trouvait naturellement peu de goût à l'étude et n'apprenait rien. Quand ses maîtres se plaignaient de sa paresse, Mme Murphy les écoutait d'un air si froid, que malgré eux ils se voyaient obligés de se taire et d'abandonner leur élève à lui-même.

Quoique entièrement absorbé par ses affaires commerciales, M. Murphy s'apercevait pourtant quelquefois des défauts de son fils. Ne lui voyant jamais aucun livre dans les mains, il s'en plaignait à son épouse; mais celle-ci lui répondit : « Veux-tu donc que notre enfant se tue? il est encore jeune, il a bien le temps d'apprendre! d'ailleurs il n'a pas besoin de devenir un savant. Le peu qu'il saura suffira toujours pour faire valoir les biens que nous lui laisserons. »

M. Murphy ne savait que répliquer; il se rappelait que c'était à sa femme qu'il devait presque toute sa fortune, et il craignait qu'elle ne le lui reprochât, comme cela lui était déjà arrivé plus d'une fois. Le lecteur ne s'étonnera donc pas du peu d'autorité que le négociant avait dans sa maison, et de sa faiblesse à réprimer les funestes penchants de son fils.

Au nombre des amis de James se trouvait le fils d'un autre négociant de Kilkenny, avec lequel il se plaisait particulièrement à perdre le temps qu'il aurait dû passer à l'école. Ce jeune homme, plus âgé que James de quelques années, lui apprit à jouer, et James s'adonna au jeu avec d'autant plus d'emportement qu'il ne sentait pas la valeur des pertes qu'il y faisait, et que la bourse de sa mère lui était toujours ouverte.

Témoin des malheureux effets de cette passion dans le cœur de son cousin, et n'écoutant que la voix de l'amitié, Patrick, après avoir à plusieurs reprises essayé de ramener James qui s'égarait, crut enfin devoir prévenir sa tante.

« De quoi te mêles-tu? lui répondit-elle durement; t'ai-je chargé de veiller sur la conduite de ton cousin? »

James, à qui sa mère ne manqua pas de dire que Patrick l'avait accusé devant elle, conçut pour son jeune parent une haine si profonde, qu'il ne laissa plus échapper aucune occasion de lui faire de la peine et de l'accuser à son tour des moindres oublis, des fautes les plus pardonnables.

Patrick supportait tout avec une résignation admirable pour son âge. C'est que, jeune encore, il avait appris que la piété pour être agréable à Dieu devait s'appuyer sur la résignation et la charité. Depuis sa première communion il avait fait des progrès si sensibles dans la vertu, que sa mère, en mourant, espérait plus de la pureté du cœur de cet enfant que des soins qu'elle priait son beau-frère de lui donner.

Privé de toutes les consolations qu'il avait droit d'attendre dans la maison de son oncle, détesté de son cousin et de sa tante, et traité même avec indifférence par celui qui avait si solennellement promis de prendre ses intérêts, Patrick était forcé de chercher en lui-même ce qu'il ne pouvait trouver autour de lui. L'étude et les exercices de piété faisaient son bonheur.

Après avoir achevé ses devoirs d'écolier, il n'éprouvait pas de plus douces jouissances que celles que lui offraient la prière et la lecture de quelques ouvrages de piété. L'argent qu'on lui donnait pour ses menus plaisirs, il l'employait à acheter des livres ou à secourir les malheureux.

CHAPITRE III.

Les adieux.

Patrick avait atteint sa seizième année, lorsque son oncle jugea à propos de lui faire apprendre le commerce, pour lequel ce jeune homme montrait un goût particulier et une aptitude remarquable. D'abord il résolut de se charger lui-même de l'instruction de son neveu, dont il voulait faire plus tard son associé ; mais son épouse, qui depuis longtemps attendait avec impatience que Patrick fût en âge pour choisir une carrière et sortir de la maison, fit tant d'objections qu'il se décida à se séparer de son neveu et à l'envoyer dans une autre ville. Limerick devint le nouveau séjour du jeune homme, et son instruction commerciale fut confiée à un des nombreux amis que M. Murphy comptait dans cette province.

Ce fut avec un joie aussi vive que mal dissimulée que Mme Murphy et son fils reçurent les adieux de Patrick. M. Murphy, qui, au moment de la séparation se souvint de la promesse qu'il avait faite à sa belle-sœur agonisante, parut seul douloureusement affecté. Il ne pouvait se cacher à lui-même qu'il avait manqué à son devoir et à ses engagements, et que si son neveu donnait de si belles espérances, c'était moins à ses soins qu'aux efforts mêmes du jeune homme qu'il fallait l'attribuer.

Il l'embrassa tendrement et lui dit : « Mon cher enfant, n'oublie jamais les leçons que tu as reçues de ta mère, et dont tu as si bien profité jusqu'ici. Continue d'être pieux et laborieux. Le travail te conduira à une fortune honorable, et la piété t'en assurera la jouissance, en attirant sur tes entreprises la bénédiction du Ciel. J'aurais bien voulu te garder près de moi ; mais je sens que ton éloignement de Kilkenny ne peut que t'être avantageux.... »

Ici M. Murphy s'arrêta, ne pouvant achever

sa phrase sans avouer ses torts envers son neveu. Patrick ne pensait pas avoir le moindre reproche à faire à son oncle, dont il connaissait la faiblesse et aussi le bon cœur. Il le remercia bien sincèrement des bontés qu'il avait eues pour lui, et promit de s'efforcer de les mériter toujours.

Le lendemain Patrick était en route pour sa nouvelle destination.

Dès que James se vit débarrassé de ce compagnon importun, il donna un libre cours à son penchant pour la fainéantise et le jeu. Rien ne s'opposait plus à sa volonté, il était le maître à la maison. M. Murphy, qui ne connaissait d'autre science que celle des chiffres, d'autre ambition que celle d'augmenter sa fortune, n'en demandait pas davantage à son fils, et il consentit sans peine à laisser James abandonner l'étude des belles-lettres pour ne s'occuper que du calcul et du style commercial.

James avait toujours vu avec une secrète humeur que beaucoup de ses condisciples, issus en général de familles pauvres, l'emportaient sur lui en application et en succès. Qu'on juge de sa joie quand son père le retira du collége, pour réduire ses études à des leçons particulières d'arithmétique et de tenue des livres.

N'ayant presque plus rien à faire, il témoigna d'abord assez de bonne volonté ; mais bientôt les deux heures de leçon qu'il prenait chaque jour lui parurent d'une longueur insupportable, et à peine étaient-elles écoulées qu'il se croyait libre de tout frein, exempt de tout devoir.

Son père voulut l'habituer au travail du bureau ; il ne put l'y astreindre. James aimait beaucoup mieux courir avec ses amis et fréquenter les tavernes que de faire la balance des recettes et des dépenses de son père, ou d'écrire pour lui des lettres sèches et d'une insipide monotonie.

Souvent M. Murphy en gémissait tout bas ; mais il manquait de cette fermeté nécessaire à un père qui s'intéresse au bonheur de ses enfants, et dans la crainte de voir la paix de son ménage compromise par sa sévérité, il fermait les yeux et attendait tout de l'avenir.

Cette faiblesse fut la cause de la perte de James. Ce jeune homme prouva par son exemple que l'oisiveté est la mère de tous les vices, et que les parents qui n'ont pas le courage de s'opposer aux penchants déréglés de leurs enfants, peuvent leur ouvrir la voie de tous les crimes.

Jaloux de voir les fils des familles nobles jouir presque seuls des privilèges de monter à cheval, James voulut les imiter, et n'eut point de peine à obtenir de son père un cheval et un maître d'équitation. Il fit des progrès rapides dans cet art, et, comme le geai superbe que la fable nous représente au milieu des paons, il se mêla aux jeunes gens des classes les plus élevées ; mais ce qui arriva au geai ne tarda pas à arriver au jeune étourdi.

Ses nouveaux camarades, car ils ne méritaient pas le nom d'amis, se moquaient de lui et le méprisaient, tout en consentant à le fréquenter ; et ils ne s'abaissaient ainsi que pour profiter de sa maladresse au jeu, et remplir leur bourse souvent vide aux dépens de la sienne, que Mme Murphy avait soin de tenir toujours pleine.

Il est inutile de dire que M. Murphy souffrait beaucoup des écarts de James ; mais il s'en consolait par les bonnes nouvelles qu'il recevait de Limerick, où son neveu continuait de mériter de son patron les éloges les plus flatteurs. Il se proposait même, comme nous l'avons dit plus haut, de l'associer plus tard à son commerce, pour sauver sa fortune que son fils ne manquerait pas de renverser, s'il prenait une part active aux affaires.

« Lorsque mon fils, se dit-il, aura atteint un âge plus avancé et sera plus à même d'apprécier les efforts que je fais pour lui assurer une fortune honorable, il devra aussi quelque reconnaissance à son cousin. Alors il ne pourra s'empêcher de l'aimer, et cette union fera le bonheur de tous les deux. »

Mais M. Murphy ne devait pas voir l'accomplissement de ses vœux. Il mourut quelques années après; et, suivant les conditions du contrat qui l'unissait à son épouse, celle-ci fut déclarée la seule héritière de tous les biens qu'elle avait apportés en mariage et que son mari n'avait fait qu'augmenter.

Patrick, en apprenant la mort de son oncle, le pleura sincèrement; James au contraire fut bientôt consolé. Ennuyé des avertissements et des leçons de son père, car c'est à cela que se bornait pour cet homme faible l'exercice de l'autorité paternelle, il ne voyait plus d'obstacle à ses caprices, plus de frein à ses désordres.

Mme Murphy envoya aussitôt à son neveu tout ce qui lui revenait du côté de sa mère. Patrick, qui désirait s'associer avec un autre jeune homme, son ami, pour commencer le commerce à leur propre compte, trouva cette somme bien inférieure à celle qu'il attendait. Forcé par le besoin, il s'adressa à sa tante et la pria de lui faire quelque avance pour le mettre à même de profiter d'une occasion qui se présentait alors et qui peut-être ne se retrouverait plus.

Mme Murphy en parla à son fils, qui depuis la mort du père gérait toutes les affaires. James refusa d'abord d'y consentir ; mais dans la crainte de passer aux yeux du public pour un mauvais parent, il dit à sa mère :

« La somme que demande mon cousin n'est pas très-considérable. Si, en la lui prêtant, nous venons à la perdre, ce sera une bien faible brèche à notre fortune. Depuis longtemps on nous accuse d'avoir sacrifié les intérêts de Patrick à nos ressentiments de famille, montrons que cette accusation est fausse, et soyons généreux. Envoyez à votre neveu la somme qu'il désire ; mais exigez en même temps de lui qu'il s'engage par écrit à ne plus faire de pareilles demandes. De cette manière nous serons tout à fait débarrassés de lui, et le monde finira par ne plus parler de nos inimitiés. »

Ces observations ayant paru justes à Mme Murphy, elle envoya aussitôt la somme à Patrick, qui lui donna en échange la déclaration qu'elle exigeait. Mais comme il ne se doutait pas du véritable motif de cette générosité si extraordinaire, il y ajouta une lettre contenant les expressions les plus sincères de sa reconnaissance et de son attachement pour sa tante et pour son cousin.

CHAPITRE IV.

Reproches mérités.

Cependant James montrait dans les affaires sa négligence habituelle, et l'incapacité résultant de ses études manquées. Toujours livré à son penchant pour le jeu, les distractions et les plaisirs, il abandonnait tout le reste à ses commis, qui profitaient de son incurie et s'enrichissaient à ses dépens.

Pourvu que le jeune prodigue eût toujours assez d'argent dans sa caisse pour suffire à ses dépenses progressives, il ne se souciait pas plus des pertes que des gains. Il s'en rapportait aveuglément à ses employés, et ceux-ci n'avaient garde de l'engager à ouvrir les yeux.

Les désordres devinrent tels, qu'à la fin cependant James ne put se dissimuler sa détresse, mais alors c'était bien tard. Ce malheureux jeune homme, qui ne jouait plus que des sommes considérables et qui perdait presque toujours ; avait contracté des dettes énormes. Il ne put les payer, et une honteuse banqueroute acheva de renverser une des plus brillantes maisons de Kilkenny, que la faiblesse du père et l'inconduite du fils avaient depuis longtemps ébranlée.

Qui pourrait peindre la douleur de Mme Murphy, lorsqu'elle aperçut l'abîme où la précipitait James, encouragé par elle-même dans tous ses égarements ? Elle s'abandonna aux plus violentes déclamations contre la prodigalité de son fils, et il ne lui répondit que par des reproches amers et trop mérités.

« C'est vous-même, s'écria James avec une insolence extrême, c'est vous qui nous avez entraînés tous deux à notre perte. Pourquoi m'avez-vous laissé, dans mon enfance, suivre tous mes mauvais penchants? Vous saviez bien que l'oisiveté et l'amour du jeu ne peuvent conduire qu'à la misère et au désespoir. Pourquoi ne m'avez-vous pas contraint d'aller assidûment à l'école? j'aurais appris quelque chose, et je ne serais pas, comme je le serai peut-être, condamné à mendier mon pain. Un enfant se soumet rarement de lui-même à ce qui est bon; il faut l'y forcer, et vous ne l'avez pas fait. Au lieu de me donner ou de me faire donner l'instruction religieuse sans laquelle l'homme n'écoute plus que la voix de ses passions, vous m'avez laissé fréquenter des amis perfides qui ne m'ont donné que de mauvais exemples. Si vous aviez rempli à mon égard votre devoir de mère, vous auriez aujourd'hui un enfant qui pourrait vous consoler, et moi-même je me féliciterais de votre sévérité, parce qu'elle m'aurait empêché de me perdre. »

Ces reproches percèrent comme un glaive l'âme de l'infortunée mère; mais elle sentait qu'elle les avait mérités et elle se tut. Deux jours après, James avait quitté la maison, emportant ce qui lui restait d'argent, et était parti pour Dublin, où il s'engagea comme matelot sur un bâtiment de l'État.

Cependant la justice de Dieu n'était pas encore satisfaite. Un autre châtiment attendait la mère coupable. James continua de se livrer dans sa nouvelle carrière à tous ses vices habituels. Il se lia avec les hommes les plus corrompus, et dépensa au jeu et dans les débauches jusqu'au dernier penny que lui avait laissé sa mère.

Il devint voleur pour acquitter ses dettes, et, passant d'un excès à l'autre, il finit par tomber entre les mains de la justice. Traduit devant un conseil de guerre, il fut condamné à la déportation.

Sa mère, quelque résignée qu'elle fût à tout ce que la Providence pourrait ordonner d'elle, apprit ce dernier malheur avec un véritable désespoir. Aussitôt qu'elle fut un peu remise de sa première affliction, elle partit pour Dublin dans l'espoir de voir encore une fois son malheureux fils.

Après bien des démarches pour arriver jusqu'à lui, elle obtint enfin la permission de lui parler, et on l'introduisit dans le sombre cachot où il était détenu, en attendant le départ du bâtiment qui devait le porter avec d'autres condamnés à Botany-Bay (1).

Elle le trouva dans l'immobilité, non d'un criminel qui éprouve des remords, mais d'un homme qui succombe au sommeil de l'ivresse. Il vit entrer sa mère sans émotion, sans surprise ; et presque aussitôt son regard reprit sa première fixité.

Mais la vue du costume de condamné que portait le malheureux, et bien plus encore les traces que ses derniers désordres avaient laissées sur ses traits, brisèrent le cœur de la pauvre veuve. Elle se laissa tomber sur un siége et répandit un torrent de larmes. Enfin elle se leva, et s'adressant au criminel :

« James, lui dit-elle d'une voix tremblante, probablement je te vois aujourd'hui pour la dernière fois dans ce monde. Je sais que je

(1) Baie de la côte orientale de la Nouvelle-Hollande, dans l'Océanie, où les Anglais formèrent, en 1786, une colonie destinée à servir de lieu de déportation.

suis coupable, et tous les jours j'en demande pardon à ce Dien qui nous jugera l'un et l'autre. Mais quelque grande que soit ma faute, elle me laisse mes droits de mère; et ta mère vient te rappeler la justice et la miséricorde de celui qui nous châtie, afin que tu craignes l'une et que tu aies recours à l'autre. Je t'ai aimé d'un amour insensé; mais enfin je t'ai aimé comme mon enfant. Je t'ai mis au monde dans la douleur et les larmes; j'ai veillé près de ton berceau lorsque tu souffrais, je me suis privée de bien des plaisirs pour te procurer quelques moments de bonheur. Ah! je ne sens que trop combien je suis coupable envers Dieu, pour n'avoir pas écarté de toi les dangers du vice lorsqu'il était encore temps; mais, ô mon fils, après avoir imploré le pardon du Ciel, je viens aussi demander le tien. Pardonne, ah! oui, pardonne à ta pauvre mère d'avoir oublié ses devoirs. C'est un tort qu'elle voudrait pouvoir expier au prix de tout son sang..... »

Ici les sanglots étouffèrent la voix de l'infortunée, et pour ne point tomber elle fut obligée de s'appuyer contre le mur. James est ébranlé; une subite rougeur se répand sur ses joues flétries ; on croit voir une larme briller dans ses paupières.

« Ma mère, dit-il avec un accent qui témoignait son émotion, je vous prie de me pardonner les reproches que je vous ai adressés dans le premier moment de ma colère. Il est vrai que votre excessive indulgence m'a précipité dans tous les maux, mais ce n'est pas à moi, à votre enfant, à vous la reprocher. Prions Dieu de nous pardonner à tous deux. »

Touchée de ces paroles, Mme Murphy s'approche du coupable, et, le serrant contre son cœur, elle l'arrose de ses larmes, sans pouvoir prononcer un parole. Faisant enfin violence à sa douleur, elle continue ainsi :

« James, mon enfant, je te remercie d'avoir eu pitié de ta mère et de n'avoir pas achevé de briser son cœur ; car je craignais d'entendre encore de ta bouche ces terribles paroles : *C'est vous, ma mère, qui êtes la cause de mes désordres et du châtiment qui en est la suite.* Je ne t'en aurais pas voulu pour cela, mon fils, oh ! non ; ma conscience me le reproche assez tous les jours ; mais qu'il est pénible à une mère de s'entendre accuser par son propre enfant de l'avoir trop aimé !.....»

Mme Murphy s'arrêta de nouveau, n'osant lever son regard sur James, qui lui-même baissa les yeux. C'était un spectacle bien douloureux que celui que présentaient alors la mère et le fils, tous deux en proie aux plus violents remords!

Le concierge, qui les observait, ne put retenir ses larmes, et quoique le temps accordé pour cette triste entrevue fût déjà écoulé, il n'avait pas le courage d'en avertir Mme Murphy.

Après une nouvelle pause, James dit à sa mère: « Consolez-vous : j'espère me corriger. Un jour peut-être vous reverrez votre fils digne encore de votre amour.

— Que le Seigneur nous en fasse la grâce! reprit Mme Murphy. C'est le seul bien que je puisse encore attendre de sa bonté dans ce monde. Tu vas bientôt partir, mon fils; bientôt je ne te reverrai plus, mais n'oublie pas ta pauvre mère. Son souvenir te rappellera celui d'un Dieu juste et vengeur à qui nous devons satisfaire. Tandis que tu souffriras de la fatigue du travail et des privations de l'exil, moi, je pleurerai et prierai. A toutes les heures du jour tu pourras te dire ; *Ma mère pleure sur moi;* en pensant à mes larmes tu en verseras toi-même, et Dieu, touché de notre repentir, nous réunira de nouveau. Tiens, mon enfant, prends ce médaillon ; il m'a été donné par ton père le jour de notre mariage, et je l'ai conservé jusqu'ici avec un respect religieux. Garde-le comme un précieux souvenir, et que l'image de la mère du Sauveur qui y est empreinte te rappelle sans cesse la confiance que nous devons avoir en la puissante protection de cette Vierge sainte, qui est aussi notre mère, notre consolatrice. »

Mme Murphy embrassa de nouveau son fils, et fit en silence une courte, mais fervente prière. Alors le concierge la prévint qu'il était temps de se retirer.

« Adieu, James; adieu, mon enfant. Que le Dieu des miséricordes te protége et te console ! »

Et après ces mots prononcés d'une voix brisée, à peine intelligible, Mme Murphy sortit, en chancelant, de la prison.

CHAPITRE V.

Marché honteux. — Surprise agréable.

Tandis que Mme Murphy retournait tristement à Kilkenny, James, qui, depuis sa dernière entrevue avec elle, paraissait aussi taciturne qu'il avait été follement gai avant ses malheurs, était transféré sur le bâtiment qui devait l'emmener en exil.

Un de ses complices, celui-là même qui l'avait entraîné à commettre son dernier vol, s'approcha de lui et lui offrit un verre d'eau-de-vie. James refusa d'abord ; mais l'habitude qu'il avait contractée de cette boisson meurtrière reprit bientôt le dessus ; et honteux de se voir exposé aux railleries de ses camarades d'infortune, qui ne savaient pas s'expliquer son silence et son abattement, il accepta.

Après le premier verre, James en prend

un second, puis un troisième, et en même temps se rallume en lui ce feu d'enfer que les larmes de sa mère n'avaient fait qu'assoupir. Il dépense à régaler ses camarades tout l'argent que lui avait apporté sa mère, et ceux-ci le retrouvent tel qu'ils l'avaient connu précédemment.

Aveuglé par l'ivresse, il n'a bientôt plus assez d'argent pour satisfaire la soif ardente qui le brûle, lui et ses compagnons, son regard tombe sur le médaillon que sa mère avait suspendu à son cou et caché dans ses vêtements. Il oublie que ce médaillon a été arrosé des larmes de celle qui lui a donné le jour; et sans remords, sans effroi, il veut s'en défaire.

Il tire à l'écart le marchand qui venait de lui vendre l'eau-de-vie, et lui propose d'acheter le médaillon. Il était en or et pesait environ une guinée (1); mais le travail lui donnait un prix double de son poids. Le marchand, après l'avoir examiné quelque temps et retourné dans tous les sens, offre quinze schillings, pas davantage, et fait mine de se retirer. James n'ose d'abord ac-

(1) La guinée vaut environ 26 francs.

cepter un marché qui lui paraît trop désavantageux; mais après un moment de réflexion, il suit le marchand, et les lèvres contractées par un horrible sourire :

« Prenez, lui dit-il. Au surplus, cela m'est inutile pour le moment, et ne m'empêchera pas de sentir mes chaînes. Mieux vaut un verre d'eau-de-vie qui me fera oublier mon voyage à Botany-Bay. »

Un officier qui connaissait la famille de Mme Murphy, et qui fut témoin de ce honteux marché, crut devoir adresser quelques reproches au coupable ; mais quand il s'aperçut de l'état d'abrutissement où la boisson avait plongé ce malheureux, il se retira avec horreur et dégoût.

Cependant pour ne pas laisser perdre ce bijou, qu'il pensait bien être un souvenir remis par Mme Murphy à son fils, il descendit à terre avec le marchand et racheta le médaillon pour une somme deux fois plus forte qu'il n'avait été vendu. Son intention était de le rendre à Mme Murphy lorsque l'occasion se présenterait, et que la main du temps aurait fermé les plaies que le cœur de cette femme avait reçues de son fils.

Le soir de ce même jour, le bâtiment qui

portait James mit à la voile, et, sans verser une larme, le malheureux vit disparaître à ses yeux le rivage de sa patrie.

Quand la faillite de la maison Murphy eut complété la ruine de cette famille, l'une des plus riches de l'Irlande, tout ce qui lui appartenait fut mis en vente, et les créanciers ne laissèrent pas même à la veuve de quoi subvenir aux premiers besoins.

Mme Murphy quitta sa demeure, où autrefois elle avait donné des fêtes si brillantes, et fut obligée de louer une petite chambre dans une chétive maison située à l'une des extrémités de la ville. Ses amis l'abandonnèrent honteusement, et elle se vit bientôt réduite à la solitude et à la plus affreuse indigence. Encore si dans sa jeunesse elle eût appris quelque art utile, elle aurait pu s'en servir pour gagner sa subsistance; mais, hélas! elle avait été élevée comme elle-même avait élevé James; elle ne savait ni ne pouvait travailler.

Alors elle pensa à Patrick, auquel elle n'avait plus écrit depuis qu'il avait payé sa dette. Mais honteuse de lui avouer sa faute, elle préféra ne pas l'instruire des derniers événements et attendre de la charité publique ce qu'il lui répugnait de solliciter de la générosité de son neveu.

Bien des semaines s'écoulèrent avant que la maison de son époux et les marchandises entassées dans les magasins trouvassent un acheteur : car les créanciers ne voulaient rien vendre en détail. Ce ne fut qu'à son retour de Dublin que la veuve apprit qu'un jeune négociant en avait fait l'acquisition.

Cette nouvelle l'affligea : elle voyait maintenant son bien tombé entre des mains étrangères, et de toutes les richesses qu'elle possédait autrefois il ne lui restait presque rien. Encore ces ressources, tout à fait insuffisantes avec la plus sévère économie, elle les devait moins à la justice des lois qu'à la pitié de ses créanciers.

Un soir que le soleil était déjà couché, et que, plongée dans ses réflexions aussi tristes que les ténèbres dont elle était environnée, Mme Murphy n'osait encore allumer sa lampe, de peur d'accroître par cette faible dépense l'horrible misère qui déjà la désolait, elle entendit tout à coup une voiture s'approcher et s'arrêter devant la porte de la maison. Un instant après on frappa.

Après être restée quelque temps sans ouvrir, tant elle était absorbée dans ses sombres pensées, elle descendit enfin, et une jeune dame, élégamment vêtue, se présenta à ses yeux. « Pardonnez-moi, Madame, dit l'inconnue, si je vous dérange à cette heure; mais un de vos amis les plus dévoués désire vous parler, et son impatience ne lui permet pas de remettre cette entrevue à demain. Veuillez donc avoir la bonté de m'accompagner jusqu'à sa demeure. Vous lui pardonnerez, je l'espère, cette importunité. »

Mme Murphy ne savait d'abord quel parti prendre; mais la jeune étrangère renouvela sa prière en termes si affectueux et si pressants, qu'elle se décida à la suivre. Elle monta dans la voiture et prit place à côté de la dame inconnue, qui, comme elle, garda, pendant tout le chemin, le plus profond silence.

Quelle fut la surprise de Mme Murphy quand elle vit la voiture s'arrêter devant son ancienne demeure! Elle chercha à deviner ce que cela pouvait signifier, mais elle n'eut le temps de s'arrêter à aucune conjecture. Un homme, dont elle ne pouvait distinguer les traits à cause de l'obscurité, sortit presque au même instant, et après avoir aidé les deux dames à descendre, il les conduisit dans un salon parfaitement éclairé.

A peine Mme Murphy est-elle entrée, qu'elle se sent étroitement serrée entre des bras amis, et qu'elle entend ces paroles : « Soyez la bienvenue dans la maison de vos enfants, ma chère tante ! »

Elle lève les yeux et reconnaît Patrick, qu'elle n'avait pas vu depuis si longtemps. « Patrick ! » s'écrie-t-elle au comble de la surprise ; et c'est la seule parole que son trouble et ses larmes lui permettent de prononcer.

« Pourquoi ces pleurs? reprend Patrick ; vous êtes ici chez vos enfants, et ils n'oublieront rien pour vous consoler des épreuves que le Ciel vous a envoyées, et pour embellir le reste de votre existence.

— Oh ! oui, ma bonne tante, ajoute la jeune dame avec un sourire angélique, mais dans lequel se peignait un sentiment indéfinissable de mélancolie et de pitié, oui, Patrick veut être non-seulement votre neveu, mais encore votre fils ; et moi, je serai pour vous la plus tendre des filles.

— Mais, Patrick, continue Mme Murphy

avec des sanglots, comment est-il possible que tu aies pu oublier et pardonner?...

— Je n'ai rien à pardonner, réplique vivement Patrick. Ce que je suis, ce que j'ai, je vous le dois. Si vous ne m'aviez pas traité un peu sévèrement lorsque j'étais chez vous, j'aurais peut-être abusé de vos bontés, je serais devenu nonchalant et vicieux.

— Ah! je t'en prie, mon cher neveu, ménage mon pauvre cœur, qu'un malheureux fils a déchiré.

— Eh bien! ma bonne tante, ne parlons plus du passé, occupons-nous du présent, et espérons que Dieu, sensible à vos larmes et à vos prières, vous donnera un avenir plus heureux en vous ramenant votre fils, après que par sa conduite il aura mérité sa grâce que nous solliciterons pour lui. »

Patrick raconta ensuite à sa tante les succès dont le Ciel avait couronné ses efforts, et lui dit comment il avait fait la connaissance de celle qui depuis peu lui avait été unie par les liens du mariage.

C'était la fille unique d'un riche négociant de Limerick, qui, sachant apprécier les excellentes qualités de cœur et d'esprit que réunissait le neveu de M. Murphy, crut faire le bonheur de son enfant en accordant sa main aux vœux du vertueux jeune homme.

« Il n'y a pas longtemps, ajouta Patrick, que je sais vos malheurs, ma chère tante. C'est pourquoi je me suis empressé de vous offrir mes secours, comme c'est le devoir d'un neveu, et j'ai acheté votre bien pour vous en rendre la jouissance et passer avec vous les jours que la Providence nous accordera. »

Mme Murphy se jeta en pleurant au cou de ces excellents jeunes gens. « Vous pourrez, vous voudrez donc encore m'aimer? dit-elle avec une profonde émotion.

— Oui, nous voulons vous aimer comme notre bonne mère, répondirent ensemble Patrick et son épouse.

— Ah! je peux donc espérer que Dieu me pardonnera mes fautes, continua la veuve. Que sa bonté et sa miséricorde soient bénies! »

Rien n'aurait manqué au bonheur de Mme Murphy si James avait pu le partager avec elle. La pensée qu'elle était la cause première du crime de son fils et de l'exil où il allait peut-être languir pour le reste de ses jours, laissa dans l'âme de cette pauvre mère un fonds de tristesse que les soins les plus tendres de son neveu ne purent dissiper.

Elle n'avait jamais été sincèrement pieuse. L'amour du luxe et des plaisirs avait trop captivé son cœur pour qu'elle pensât sérieusement à son Dieu et à son salut. Fidèle à ces exercices qu'il n'est permis à aucun chrétien d'omettre, s'il ne veut pas être remaqué au milieu d'un peuple religieux, elle bornait là toute sa dévotion. Comment d'ailleurs aurait-elle pu allier l'amour de Dieu avec cet amour insensé qu'elle portait à son fils, amour cruel qui le conduisit jusqu'au pied de l'échafaud, et qui exposait encore l'âme de cet infortuné à une perte éternelle?

Mais lorsque Dieu la frappa, ses yeux se dessillèrent; elle reconnut sa fatale erreur et revint à des sentiments plus dignes du chrétien. Accablée sous le poids de l'infortune et du chagrin, elle chercha sa consolation dans le sein de la religion; et si la religion ne guérit pas tout de suite et entièrement les plaies de son cœur, elle y versa du moins un baume salutaire qui en amortit les cuisantes douleurs.

Devenue plus sensible aux dangers qui menaçaient l'âme de son fils, qu'au châtiment temporel, aux travaux et aux fatigues auxquels le corps de ce jeune homme était soumis, elle ne passait pas un seul jour sans prier le Dieu des miséricordes de ne pas abandonner ce malheureux enfant et de lui accorder la grâce du repentir, afin qu'il pût expier ses fautes en chrétien.

« O mon Dieu ! disait-elle souvent, je consens à ne plus voir mon enfant en ce monde; mais ne nous refusez pas le bonheur de nous réunir un jour dans le sein de votre gloire. »

La suite de cette histoire nous apprendra comment ses vœux furent exaucés. Revenons à James.

CHAPITRE VI.

Le naufrage. — Les aveux d'un mourant.

James, le lendemain de son départ, sorti de la profonde léthargie où l'ivresse l'avait plongé, se rappela le médaillon dont il s'était défait d'une manière si indigne ; il fut saisi d'effroi et d'horreur. Les dernières paroles de sa mère retentirent dans son âme avec force ; il lui semblait la voir encore devant lui les yeux baignés de larmes, et sentir l'étreinte de ses bras.

« Malheureux que je suis ! s'écria-t-il dans l'accès de la douleur et du désespoir, qu'ai-je fait ! Je n'avais plus qu'un souvenir de ma mère, et je l'ai vendu d'une manière infâme. Elle pleure, cette pauvre mère qui m'aimait si tendrement, quoiqu'elle ne m'aimât pas comme elle le devait ; et moi, moi fils ingrat, je foule aux pieds le dernier don de son amour ; et pour satisfaire une passion dégradante, je le livre entre les mains d'un misérable marchand. Ah ! n'eussé-je commis que ce crime, ma vie entière ne serait pas assez longue pour l'expier. »

Quelque étonnants que doivent paraître à nos lecteurs des sentiments si peu en rapport avec l'indifférence outrageante que James avait montrée à sa mère après la ruine de leur maison, ils étaient néanmoins tellement sincères, qu'il aurait volontiers donné un de ses membres pour racheter le médaillon. Il avait vu sa mère implorer avec des larmes brûlantes son pardon, comme si elle eût été seule coupable; et ce souvenir l'accablait de douleur et de chagrin. Loin de se plaindre de son sort, il se trouvait heureux d'être retranché, comme un membre indigne, de la société humaine, et d'être relégué dans les déserts avec d'autres criminels moins coupables que lui.

Il lui restait encore quelques-uns des quinze shillings que lui avait valus son médaillon ; il les jeta avec indignation dans la mer, et, allant se cacher dans un coin du bâtiment, il s'abandonna à toute la violence de sa douleur.

Soudain il se rappela qu'il avait un mouchoir oublié par sa mère dans la prison. Il avait ramassé ce mouchoir encore tout humide des larmes maternelles. Il le prit, le pressa contre ses lèvres et pleura amèrement.

« Voilà, dit-il, un autre souvenir, un souvenir plus précieux. Celui-là, je le garderai ; personne ne me l'arrachera, il me suivra jusque dans la tombe. »

Et après l'avoir plié avec soin, il le mit sur sa poitrine, sous la veste du condamné.

Ses camarades, surpris du changement extraordinaire qu'ils remarquaient en lui, le raillèrent de ce qu'ils appelaient sa lâcheté.

Il se tut, car ces misérables n'auraient pu le comprendre. Quelques jours après ils cessèrent d'eux-mêmes leurs odieuses railleries, et respectèrent sa douleur et son silence.

Le trajet n'offrit rien de remarquable jusqu'au delà des îles Canaries. Mais tout à coup il s'éleva une violente tempête qui dura sans discontinuer pendant trois jours. Le navire, ayant perdu ses mâts et son gouvernail, était le jouet des flots, qui le poussaient dans toutes les directions.

James se rappela les leçons qu'il avait reçues dans son enfance. La vue d'une mort prochaine l'effraya, et cependant il ne se sentit pas la force de prier. Encore moins put-il suppléer par une douleur sincère au sacrement de pénitence, que depuis longtemps il n'avait pas reçu.

Immobile et les yeux hagards, pendant tout le temps qu'il n'était pas employé à la manœuvre, il ne pensait qu'à sa mère, qu'il ne devait plus revoir.

Au commencement du quatrième jour, le vaisseau, déjà tout disloqué, heurta contre un écueil et s'y brisa. James eut le bonheur de pouvoir se jeter dans une des chaloupes avec deux autres personnes, et tandis que matelots et passagers tombaient au milieu des flots en poussant les derniers cris du désespoir, il se vit emporter par les vagues loin de cette scène déchirante; et presque aussitôt la mer s'étant calmée, il se trouva hors de danger.

Les deux hommes qui se trouvaient avec James dans la chaloupe, étaient l'un un officier français qui se rendait à Pondichéry, l'autre un matelot au service du bâtiment naufragé. Ce dernier, en sautant dans la chaloupe, s'était grièvement blessé à la tête; il perdait beaucoup de sang, et au bout de quelques instants, il tomba entièrement privé de connaissance.

Après que la première frayeur fut passée, M. de Belleroche, ainsi s'appelait l'officier, ne tarda pas à s'apercevoir du malheureux état dans lequel se trouvait le matelot, et pria James de l'aider à rappeler à la vie un homme dont les connaissances pouvaient encore leur être si utiles dans leur détresse.

N'ayant pu rien emporter du bâtiment, et par conséquent manquant de linge, ils allaient déchirer celui qu'ils avaient sur eux pour panser le blessé, lorsque James se rappela le mouchoir de sa mère.

« Tenez, dit-il à M. de Belleroche, ce mouchoir nous portera bonheur, car il a été arrosé des larmes d'une mère. »

L'officier lava la plaie du matelot et la pansa avec le mouchoir le mieux qu'il put. Ensuite il versa dans la bouche du blessé quelques gouttes d'une essence qu'il avait conservée dans un petit flacon ; et insensiblement le matelot revint à lui.

Les sombres nuages qui couvraient encore le firmament se déchirèrent enfin et disparurent peu à peu. Les rayons du soleil d'Afrique tombant presque perpendiculairement sur la petite embarcation qui portait nos voyageurs, eurent bientôt séché leurs vêtements que les vagues avaient mouillés et trempés. Alors seulement ils purent réfléchir à la singularité de leur position, aux dangers dont ils pouvaient encore être menacés, et aux moyens de les prévenir ou d'y échapper.

Aussi loin que leur vue pouvait s'étendre sur le vaste espace où ils erraient à l'aventure, ils n'aperçurent aucun débris du vaisseau, et n'entendirent les cris d'aucun naufragé ; probablement la tempête n'avait épargné qu'eux seuls. Cette pensée remplit leur âme d'une tristesse profonde, et arracha même au brave officier des larmes douloureuses.

Il leur était impossible de s'orienter; ils ignoraient même sur quel point du globe ils se trouvaient ; car depuis le commencement de la tourmente, et surtout après que le bâtiment eut perdu son gouvernail, il n'y avait plus eu moyen de déterminer la longitude et la latitude du lieu qu'il occupait. D'ailleurs en quoi cette connaissance aurait-elle servi à nos trois naufragés qui n'avaient ni rames ni voiles pour se conduire ?

Ils ne pouvaient cependant pas être bien éloignés des terres. Les oiseaux qui planaient au-dessus d'eux l'annonçaient assez, et selon toute probabilité ces terres devaient être le continent de l'Afrique.

Ils délibérèrent donc entre eux sur le parti qu'ils avaient à prendre ; ou plutôt ce furent M. de Belleroche et le matelot qui se communiquèrent mutuellement leurs espérances et leurs projets ; car James, outre qu'il n'avait pas servi longtemps avant sa condamnation, n'avait pas encore fait de voyages, et surtout des voyages de long cours comme ses deux compagnons. Il était d'autant plus urgent de prendre un parti décisif, qu'ils n'avaient eu le temps d'emporter aucunes provisions. Si dans deux jours au plus tard ils n'arrivaient pas à quelque côte, ou ne rencontraient pas quelque navire, c'en était fait d'eux ; ils devaient s'attendre à mourir de faim.

Grâce aux soins et à l'élixir bienfaisant de M. de Belleroche, le matelot eut bientôt assez de forces pour se lever; et montant sur les deux bords de la chaloupe, il promena lentement autour de lui son regard perçant. Après avoir tenu longtemps ses yeux fixés avec beaucoup d'attention sur un point de l'horizon, il dit à M. de Belleroche :

« Je ne sais si je me trompe : il me semble voir dans la direction est-nord-est une plage basse, mais étendue. Il faut nous diriger de ce côté, si nous ne voulons pas devenir la pâture des habitants de la mer. J'ai déjà passé deux fois par ce chemin ; je présume que ce que je vois là-bas est le Cap-Vert (1).»

M. de Belleroche et James tournèrent aussi leurs regards du côté que leur indiquait le matelot, et, profitant de l'élévation momentanée que les vagues ascendantes donnaient

(1) Le Cap-Vert est situé sur la côte d'Afrique entre le Sénégal et la Gambie. Longit, occ. 19° 59'. Lat. N. 14° 43'.

à l'embarcation, ils crurent apercevoir la terre.

Un rayon d'espoir brilla dans leurs yeux languissants; mais leur joie fut aussi courte que vive, quand ils se rappelèrent qu'ils étaient dépourvus de tous les agrès nécessaires pour diriger leur chaloupe.

Ils en firent l'observation au matelot. Celui-ci ne leur répondit qu'en commençant lui-même ce qu'il voulait conseiller. Il tira de sa poche le couteau dont il se servait habituellement, et se mit à détacher des bords de la chaloupe deux planches assez larges. Il en passa une à James, et tous deux eurent bientôt fait chacun une rame. Après quelques instants de repos, le matelot détacha une troisième planche, qu'il dressa au milieu de la chaloupe ; et tous les trois se dépouillèrent d'une partie de leurs vêtements, qu'ils suspendirent en guise de voile à ce mât improvisé.

Le vent était favorable ; il soufflait constamment vers le côté qu'on désirait atteindre.

Les rames furent mises en mouvement, et l'officier releva souvent le matelot que sa blessure empêchait de manœuvrer aussi activement et aussi longtemps qu'il l'aurait voulu.

Après avoir ramé pendant deux heures, et tandis que James et M. de Belleroche, qui alors tenait la rame, s'abandonnaient aux plus douces espérances, le matelot secoua tristement la tête, et dit :

« Tout ce que nous faisons est en pure perte. Eussions-nous dix rames, et notre chaloupe fut-elle munie des meilleures voiles, nous n'arriverions pas à terre.

— Et pourquoi ? s'écrièrent à la fois M. de Belleroche et James au comble de l'effroi.

— Une force invincible nous entraîne dans une direction opposée, répondit le matelot avec un imperturbable sang-froid, nous sommes dans un courant. Voyez vous-même : la terre que nous apercevions à l'est-nord-est est maintenant au nord-nord est et déjà éloignée de nous de plusieurs lieues. Si vous faites attention aux algues qui nagent sur la mer, et si vous plongez votre main dans l'eau, vous verrez et vous sentirez la force du courant. »

Le matelot ne s'était pas trompé. Ils se trouvaient non loin du Cap-Vert, et étaient entraînés par ce fameux courant, connu des voyageurs, qui se dirige de l'ouest vers les Açores, Madère et le Cap-Vert.

La rapidité avec laquelle il coule entre ce promontoire et le golfe de Fernando-Po est telle, que le même trajet que l'on fait en deux jours en le suivant, et qui est de soixante lieues marines, dure plusieurs semaines quand on remonte ce courant. Et encore souvent, au lieu d'être favorable au navigateur, le vent, en refoulant les flots de ce même courant, le rend plus terrible et ne fait qu'augmenter le danger.

C'est dans cette cruelle situation que se trouvaient nos voyageurs, et, comme l'avait dit le matelot, tous leurs efforts ne pouvaient les empêcher de marcher à leur perte. Outre le risque commun de ne pouvoir plus arriver à terre, il en existait encore un autre pour le matelot, et il perdit bientôt tout espoir de salut. Sa blessure à la tête lui causait des douleurs mortelles, et les fatigues de la journée avaient tellement épuisé ses forces et augmenté la fièvre qui l'agitait, qu'il ne lui était plus possible de se tenir debout. Il se coucha au fond de la chaloupe, et ses deux compagnons, oubliant leurs propres dangers pour ne s'occuper que du sein, s'assirent tristement à ses côtés.

Le flacon de l'officier était vide ; d'ailleurs

le matelot n'avait avalé les dernières gouttes qu'avec répugnance : il lui semblait qu'au lieu de diminuer ses douleurs, cette liqueur ne faisait que les irriter.

Il ne disait plus rien ; mais de temps en temps un profond soupir s'échappait de sa poitrine, et les traits de son visage se contractaient comme ceux d'une personne qui pleure. Hélas ! les yeux de l'infortuné restaient secs ; ils ne pouvaient répandre aucune larme.

M. de Belleroche lui demanda d'une voix pleine du plus touchant intérêt s'il souffrait toujours beaucoup de sa blessure.

« Oui, Monsieur, répondit le matelot, elle me fait bien du mal. Cependant ce n'est pas à la tête que je souffre le plus ; c'est là. »

En disant ces mots, il porta la main sur son cœur, et ses compagnons crurent de nouveau qu'il allait pleurer.

« Je voudrais bien pouvoir vous soulager, mon cher ami, continua M. de Belleroche. Honorez-moi de votre confiance, ouvrez-moi votre cœur ; je vous parlerai de votre Dieu, de sa bonté et de sa miséricorde, et mes paroles adouciront vos souffrances, comme la résignation que je vois peinte dans vos traits adoucit les miennes.

— Je sens, reprit le matelot, que je n'ai plus que quelques moments à vivre ; mais je ne crains pas la mort ; oh ! non : car avant d'entreprendre ce voyage, qu'un pressentiment m'annonçait devoir être le dernier, je me suis approché du tribunal de la réconciliation, et j'ai la confiance que les paroles de pardon prononcées sur moi par le ministre de Jésus-Christ ont été ratifiées dans le ciel. Cependant il m'en coûte de mourir loin de ma patrie.

— Et pourquoi, mon ami, puisque vous avez la confiance d'être réconcilié avec votre Dieu ?

— J'ai dans mon pays une sœur aveugle et une mère déjà courbée sous le poids des ans et des infirmités. Je leur ai fait bien du chagrin dans ma folle jeunesse, et si ma mère est souffrante aujourd'hui, ah ! c'est moi qui en suis cause... ! Avant d'embrasser l'état de matelot, j'exerçais celui de mon défunt père, honnête tailleur de Dublin ; mais j'eus le malheur de me lier avec quelques jeunes gens de mon âge qui me donnèrent tous leurs défauts et précipitèrent ainsi ma mère, ma sœur et moi dans l'indigence et la misère. Lorsque ma mère et ma sœur me reprochaient avec douceur les désordres auxquels je me livrais, je leur répondais durement et même quelquefois j'osais les menacer.

« Je m'engageai au service de l'État, je fis un voyage au Cap, et j'en revins plus débauché et plus irréligieux. J'étais perdu, lorsqu'un parent éloigné de ma mère arriva de Dublin pour lui offrir ses secours.

« C'était un saint prêtre, un homme inspiré de Dieu et animé de la plus ardente charité. Ma mère lui apprit la cause de son infortune, non pour se plaindre de moi et m'attirer des reproches que je méritais bien, mais pour qu'il essayât sur moi le pouvoir de sa parole, car il avait déjà converti bien des pécheurs endurcis.

« Touché de l'état de mon âme, bien plus que de la misère dans laquelle languisait mon corps depuis que j'avais perdu tout l'héritage de mon père, il me parla des jugements de Dieu et des peines d'une autre vie avec tant de force, que je ne pus résister longtemps à la grâce, et que je résolus de changer de conduite.

« Encore tout ému de sa chaleureuse allocution, je retournai à la maison, où ma mère et ma sœur paraissaient attendre le résultat de ma visite au saint prêtre. Elles pleuraient. La vue de leurs larmes navra mon cœur; je m'avançai vers elles d'un pas chancelant, et tombant aux pieds de ma mère je lui dis :

« — Ma mère, pardonnez, je vous supplie, à un fils ingrat. Il vous a causé beaucoup de chagrins; mais il s'en repent et vient vous prier d'oublier ses torts.

« Je me retournai ensuite vers ma sœur; mais elle ne me laissa pas le temps de lui exprimer ce qu'éprouvait mon cœur, elle se jeta à mon cou et me dit :

« — Tais-toi, mon frère, je ne veux pas t'entendre me demander pardon. Lève-toi, je ne puis te voir à mes pieds. »

« Après que ma mère se fut remise de l'émotion si douce que lui avait causée mon changement, elle me prit dans ses bras, et me dit : « Mon cher William, j'ai tout oublié, je t'ai pardonné. Je remercie le Ciel d'avoir exaucé mes prières en te ramenant sur le chemin de l'honneur et du devoir. Il ne te reste plus qu'à solliciter aussi le pardon du

Seigneur; mais sa miséricorde est grande; il ne te la refusera pas. »

« Quelques jours après j'eus le bonheur de me réconcilier avec mon Dieu, et le lendemain je pris congé de ma mère et de ma sœur, pour aller m'embarquer sur le bâtiment qui nous a tous conduits ici.

« — William, me dit ma mère, si je ne dois plus te revoir dans ce monde, fais du moins en sorte que nous nous trouvions ensemble dans le ciel. Conserve avec soin le don de la grâce et sache mépriser les plaisirs vils et criminels de cette vie si courte, pour mériter d'avoir part aux joies de l'éternité. »

« Elle me donna ensuite cette croix (ici le matelot écarta ses vêtements et montra à ses compagnons une petite croix en cuivre suspendue à son cou); je l'ai toujours conservée avec soin. Mais je voudrais pouvoir la rendre à ma bonne mère et lui dire encore: « Ma mère, pardonnez-moi avant que je paraisse devant mon Dieu. »

« Voilà, Monsieur, la cause de la répugnance que j'éprouve à mourir loin de celle que j'ai si cruellement offensée. Elle ne saura pas que j'ai été fidèle à ma promesse, et que je suis mort avec la confiance de trouver dans mon Dieu un juge clément et miséricordieux ! »

Ce récit avait touché M. de Belleroche jusqu'aux larmes. Il prit affectueusement la main du matelot et dit :

« Tranquillisez-vous, mon ami ; ce même Dieu qui a accordé à votre mère le bonheur de vous voir repentant, ne lui refusera pas celui d'apprendre que vous êtes mort avec des sentiments si chrétiens. Moi-même, si le Ciel me conserve la vie, j'irai la trouver, et je lui dirai que jusqu'à son dernier soupir son fils n'a pas oublié les résolutions qu'il a prises devant elle et devant son Dieu.

— Oh ! Monsieur, reprit le matelot, que vous me comblez de joie ! maintenant je mourrai tranquille. Dites bien à ma mère qu'elle prie pour moi, afin que le Seigneur abrége la durée des châtiments que j'aurai encore à subir dans l'autre monde. Demandez-lui pardon pour moi de tout le mal que je lui ai fait, et remettez-lui la croix qu'elle m'a donnée. Cette croix lui rappellera son fils et adoucira ses peines. Faites-lui, ainsi qu'à ma bonne sœur, mes derniers adieux ; dites-leur que je les reverrai dans le ciel. »

M. de Belleroche s'informa ensuite auprès

de William de la demeure de sa mère ; et le matelot, après lui avoir donné tous les détails nécessaires, ferma les yeux et se tut. Au mouvement seul de ses lèvres on voyait qu'il priait.

CHAPITRE VII.

Les funérailles du marin. — Nouveaux dangers.

Pendant que la chaloupe entraînée par le courant continuait rapidement sa course incertaine, James n'était occupé que du sort de William, dont il avait écouté toutes les paroles avec un intérêt toujours croissant, quoique chacune d'elles lui rappelât de pénibles souvenirs. Même dans sa dernière entrevue avec sa mère, il n'avait pas senti comme aujourd'hui combien il avait été coupable en payant de mépris l'amour de cette faible mère et en ne répondant à ses tendres remontrances que par des reproches pleins d'amertume et d'ironie. Elle les avait mérités; mais était-ce à lui, son fils, à les lui adresser? devait-il oublier les douleurs et les larmes au milieu desquelles elle l'avait mis au monde pour lui reprocher de l'avoir trop aimé?

« Que tu es heureux, William, disait-il en lui-même; tu es réconcilié avec Dieu, et bientôt tu recevras la récompense de ton repentir. Ta mère le saura, et cette pensée la consolera dans son infortune. Ah! ma pauvre mère n'aura pas la même consolation. Nous mourrons éloignés l'un de l'autre; et à sa mort elle ignorera si son fils a mérité du Ciel le pardon de ses crimes. William a conservé la croix de sa mère comme une précieuse relique; moi, j'ai vendu indignement le médaillon que m'a donné la mienne! et pourquoi? pour satisfaire à une honteuse passion, pour complaire à de perfides amis, qui voulaient noyer dans la boisson les chagrins du châtiment qui pesait sur eux. »

Ces réflexions salutaires furent interrompues par un profond soupir échappé à William. Le mourant fut ensuite saisi d'un violent vomissement qui acheva d'anéantir ses forces. Après cette dernière crise, M. de

Belleroche demanda au matelot comment il se trouvait.

« Je me trouve mieux, répondit William ; je sens que ma fin approche ; mais j'ai confiance dans les mérites de mon Sauveur, et je meurs content. »

Le soleil venait de se coucher, et à la chaleur brûlante du jour avait succédé une fraîcheur insupportable. James détacha de la perche qui leur servait de mât les vêtements qu'il y avait suspendus et en couvrit le matelot. Ces précautions n'empêchèrent pas que le mourant ne sentît un frisson glacial contracter tous ses traits et imprimer à ses membres d'horribles convulsions. Cependant à la clarté du crépuscule on voyait encore les yeux du matelot respirer cette paix de l'âme, avant-goût de la paix éternelle qui l'attendait.

Pendant toute la nuit M. de Belleroche et James restèrent assis aux côtés de William. James tenait ses mains froides et roides dans les siennes et s'efforçait de les réchauffer, tandis que l'officier cherchait à soutenir son courage et sa résignation par des prières qu'il récitait à haute voix, ou par de pieuses exhortations, telles que les ministres de la religion ont coutume d'en adresser aux agonisants.

Lorsque l'aurore éclaira de nouveau l'horizon, M. de Belleroche et James s'aperçurent que le matelot respirait encore; mais ses yeux étaient éteints, ses lèvres pâles et son visage froid. Sa respiration devenait de plus en plus difficile; semblable à une lampe dont l'huile est consumée, il ne tenait plus à la vie que par un souffle. Enfin lorsque le soleil parut, William porta la main sur son cœur, prononça une dernière fois le nom de Jésus et rendit le dernier soupir.

« Il est mort! dit James profondément ému.

— Oui, répondit M. de Belleroche en essuyant une larme; mais il est mort en chrétien; son âme repose maintenant dans le sein de la Divinité. Ah! qu'il est peu de chrétiens qui meurent comme lui! Depuis sa conversion il a toujours eu l'image de la mort devant les yeux, et la mort ne l'a pas pris au dépourvu. Nous éloignons tous ordinairement cette idée salutaire, parce qu'elle nous gêne dans nos plaisirs criminels; mais que sert-il de l'éloigner, si nous ne pouvons pas écarter la cause de nos terreurs?

« La pensée de la mort est la source des

plus saintes réflexions et des résolutions les plus généreuses ; elle nous préserve du péché et nous conserve dans l'innocence : car comment oser de sang-froid offenser un Dieu, au tribunal duquel nous savons que nous pouvons paraître d'un moment à l'autre? Il n'appartient qu'aux esprits faibles de s'occuper de bagatelles, tels que la fortune, les honneurs, qui ne peuvent durer qu'un temps ; mais c'est le propre d'un esprit bien fait, d'une âme élevée de penser sérieusement à ce qui doit l'intéresser le plus, au salut de son âme, aux tourments ou au bonheur sans fin de l'autre monde.

« Pardonnez-moi, James, si je vous parle ainsi ; mais je crois y être autorisé par mon âge, mon expérience et le désir que j'ai de vous voir profiter de l'exemple de William. Vous avez été condamné à la déportation, vous avez été banni de la société de vos semblables ; mais Dieu vous reste, et vous pouvez encore mériter le ciel, qui sera peut-être refusé à plusieurs de vos juges. La miséricorde du Seigneur est infinie, comme celle des hommes est bornée. Si celle-ci vous manque, l'autre est prête à vous recevoir et à vous pardonner.

— Il est bien vrai, Monsieur, que si la pensée de la mort m'avait toujours occupé, je ne serais pas où je suis. J'ai été condamné pour vols; mais je sens aujourd'hui que j'expie encore d'autres péchés qui n'appartiennent pas à la juridiction des hommes, et que Dieu seul juge et punit. »

Ici James raconta à M. de Belleroche comment il était devenu criminel. Il aurait bien voulu, alors qu'il voyait devant lui le corps froid et inanimé de William et que les dernières paroles du matelot retentissaient encore dans son âme, il aurait bien voulu ouvrir son cœur à un ministre de Jésus-Christ, pour en obtenir le pardon de ses péchés; mais dans l'impossibilité où il se trouvait de faire cette confession dont il avait un si grand besoin, il se sentait soulagé en avouant à un homme comme lui qu'il était pécheur et misérable.

« Votre franchise me plaît, continua M. de Belleroche, elle est l'indice d'un cœur noble; et Dieu, qui n'a égard qu'aux dispositions du cœur, agréera votre douleur et votre repentir. Nous ne sommes pas sûrs d'échapper à tous les dangers qui nous entourent; adressez-vous à ce Dieu de bonté qui *ne veut point la mort du pécheur*, *mais sa conversion et sa vie*, et, touché de vos regrets, il vous accordera sa grâce et son amour.

« Maintenant il est temps de rendre à notre compagnon les derniers devoirs. Nous ne pouvons l'inhumer en terre sainte ; nous allons lui faire les funérailles d'un marin. Au jour du jugement, Dieu fera sortir ses restes du fond de ces abîmes, et de ses yeux, à présent fermés à la lumière, William verra son Sauveur face à face, comme l'espérait le saint homme Job. »

James détacha de la tête du matelot le mouchoir avec lequel l'officier avait pansé sa plaie ; il prit aussi la croix que William portait à son cou, et, après avoir enlevé une grosse pièce de fer du derrière de la chaloupe, il l'attacha à la ceinture du matelot. Ce poids devait remplir le même emploi que le boulet avec lequel on jette les corps morts à la mer, pour les faire couler à fond.

Après ces préparatifs, M. de Belleroche s'agenouilla, et récita un *De profundis* et d'autres prières de l'Église pour les âmes des défunts ; puis, aidé de James, il enleva le corps de William et le laissa glisser dans les flots, qui se refermèrent sur lui pour toujours.

James continuait de tenir son regard fixé sur l'endroit où les restes de William avaient disparu, et dont ils étaient déjà bien éloignés, lorsque M. de Belleroche reprit ainsi la parole :

« Il faut actuellement penser à nous, et faire tout ce qui sera en notre pouvoir pour nous sauver, en attendant de la Providence le succès de nos efforts. Depuis quelques heures je sens le besoin d'un peu de repos ; la fatigue et le manque de nourriture m'ont épuisé. Si vous croyez avoir encore assez de forces pour veiller, j'en profiterai pour dormir un instant. S'il se présente quelques difficultés, comme des écueils ou des bancs de sable, vous m'éveillerez. Après que je me serai reposé, ce sera à votre tour de dormir et à moi de veiller. »

M. de Belleroche se coucha ensuite sur le devant de la chaloupe, où James lui fit un oreiller avec ses vêtements, et il tomba bientôt dans un profond sommeil. James s'assit à côté de lui pour lui faire ombre de son corps ; car déjà le soleil commençait à devenir brûlant, et des pensées graves et religieuses continuèrent d'occuper son esprit.

« Oui, se disait James en lui-même, tout

passe en ce monde comme une légère fumée que le vent chasse devant lui. Joies et douleurs, indigence et richesses, tout disparaît; et l'homme, après avoir langui ou brillé sur cette terre, n'y laisse bientôt plus que des restes inertes que l'on se hâte de cacher à la vue des survivants. Ainsi que beaucoup d'autres, j'ai vécu comme si je ne devais jamais mourir, comme si je n'avais point d'âme à sauver, comme si tout le bonheur de l'homme devait consister dans les jouissances matérielles d'une vie désordonnée. Ah! mon illusion n'a pas été longue. Dieu m'a fait sentir combien on est coupable de s'éloigner de lui, pour n'écouter que la voix de ses passions.

« O ma mère! que ne puis-je vous revoir! comme William, je me jetterais à vos pieds et vous dirais : Ma mère, pardonnez-moi, et priez Dieu de me pardonner. Mais ce Dieu juste et vengeur, ce Dieu dont la bonté est sans bornes, ne puis-je pas le prier moi-même? Il est ici, il me voit; il m'appelle à lui et m'offre son pardon. Et peut-être dans cet instant même ma mère pleure et prie pour moi! Ah! je serais mille fois plus coupable que je ne l'ai jamais été, si je refusais de recourir à la clémence d'un Père qui n'attend que mon repentir pour me pardonner. »

Alors se jetant à genoux, les bras croisés sur la poitrine, le regard levé vers le ciel, il pria longtemps dans un recueillement si profond, que les heures s'écoulèrent sans qu'il s'en aperçût. Son cœur battait avec force, et de ses yeux coulaient des larmes abondantes qui inondaient ses joues et ses mains.

C'est qu'il priait aujourd'hui pour la première fois depuis son enfance, et que Dieu avait touché son cœur. Cependant ses forces étaient épuisées, il ne semblait plus tenir à la vie. Les derniers jours il avait travaillé presque sans discontinuer à la pompe du bâtiment, ou avait été employé à d'autres manœuvres ; ses mains en étaient toutes meurtries; ses joues rouges, sa figure blême et ses joues creuses, tout en lui annonçait des souffrances aiguës. Le manque de nourriture lui causait des crampes d'estomac, et sa langue semblait collée à son palais, desséché par une soif ardente.

Après quelques heures de repos, M. de Belleroche s'était réveillé, obligea James de prendre sa place, et James ne tarda pas à s'endormir d'un sommeil presque léthargique.

Sur le soir M. de Belleroche le réveilla non sans beaucoup de peine. « Mon ami, lui dit-il, je vous aurais laissé bien volontiers reposer plus longtemps, si l'intérêt de notre salut à tous deux ne nous obligeait à réunir nos forces pour nous tirer des dangers auxquels nous pouvons succomber d'un moment à l'autre. Regardez là-bas, le courant nous a assez rapprochés de la côte pour que nous puissions distinguer les collines qui la bordent et les palmiers qui l'ombragent. Malheureusement nous en sommes séparés par des écueils, contre lesquels notre chaloupe risque de se briser, et qu'il faut par conséquent nous efforcer d'éviter. Mais prions d'abord, afin que le Seigneur nous soutienne et dirige lui-même notre course. » Après une prière aussi fervente que courte, nos deux voyageurs se levèrent, animés de ce courage et de cet espoir qui n'appartiennent qu'aux enfants de Dieu, parce qu'ils se fient plus sur la protection divine que sur la force de leurs bras ou les lumières de leur intelligence. James reprit sa rame, M. de Belleroche s'empara de celle qui avait servi à William, et tous deux se préparèrent à manœuvrer.

Les écueils qu'ils cherchaient à éviter étaient plutôt sur les côtés qu'au milieu du courant. Avec une attention soutenue, et en employant avec habileté les rames dont ils étaient munis, ils eurent le bonheur de passer à travers ces périls, sans éprouver le moindre accident.

Déjà ils se félicitaient de les avoir évités, lorsque M. de Belleroche, qui se tenait sur le devant de la chaloupe, aperçut un récif qui barrait presque tout le passage et que les eaux couvraient à peine. Il n'était plus temps de s'en écarter, car le courant les entraînait avec force contre ce nouvel obstacle.

« Mon Dieu! s'écria M. de Belleroche, nous espérons en vous, sauvez-nous. »

Et une vague plus haute que les autres emporta la chaloupe par-dessus le récif sans qu'elle y touchât. James, qui ne reconnut le danger qu'après qu'il fut passé, ne put s'empêcher de frissonner.

« Le Seigneur nous a sauvés, dit l'officier; sans une protection spéciale de sa Providence, nous aurions infailliblement trouvé ici notre perte. »

James ne répondit pas ; mais son regard levé vers le ciel exprimait toute la reconnaissance que son cœur éprouvait. Il était si tourmenté de la faim et de la soif, qu'il avait de la peine à parler.

M. de Belleroche fut touché des souffrances de son compagnon, qui, étant habitué à une vie oisive et molle, devait être d'autant plus sensible aux maux qu'il avait à endurer. « Mon cher ami, lui dit-il, si nous ne pouvons apaiser notre faim, nous pouvons du moins adoucir les tourments de la soif. Imitez mon exemple, et vous vous trouverez soulagé. »

Puis se détournant, il se dépouilla de ses vêtements, les plongea dans la mer, et sans en faire égoutter l'eau il les remit. James en fit autant, et, comme le lui avait dit son compagnon, il éprouva quelque soulagement.

« Vous voyez, lui dit M. de Belleroche, comment l'eau de la mer, si salée et si amère que l'homme ne peut la boire sans en ressentir les plus vives douleurs, devient salutaire en passant par le filtre de la peau. En effet la peau de celui que la soif dévore absorbe l'eau et laisse à sa propre surface le sel dont cette eau était saturée. Bien des fois on a vu des malheureux prolonger ainsi leurs jours, et souvent échapper à une mort certaine (1). »

Cependant le courant continuait de rapprocher nos naufragés des côtes de l'Afrique qui devenaient d'un instant à l'autre plus distinctes.

La plage vers laquelle ils avançaient rapidement paraissait appartenir à une île, autour de laquelle étaient rangées d'autres îles moins étendues et plus basses. Derrière elle s'élevaient les rivages du continent, formant le fond de ce tableau qui aurait paru ravissant aux deux voyageurs s'ils avaient pu oublier la position critique où ils se trouvaient. Ils voyaient encore devant eux de vastes bancs de sable et des récifs qu'il était impossible d'éviter.

« Il faut nous résigner à la volonté du Ciel, dit M. de Belleroche ; notre course sera bientôt finie; mais Dieu qui nous a conduits jusqu'ici, ne nous laissera pas sans secours. »

(1) Il faut ajouter à cette cause l'abaissement de température que l'opération rapide de l'eau produit sur les membres qui en sont humectés. Et tout le monde a éprouvé que la fraicheur seule calme souvent la soif, de même que la chaleur l'excite et l'augmente.

Quelques instants après, l'embarcation alla heurter contre un rocher; mais avant que la voie d'eau que cet accident avait causée sur le flanc de la chaloupe l'eût fait sombrer, les naufragés sautèrent sur le banc de sable qui s'étendait derrière le rocher, et échappèrent à ce second naufrage.

CHAPITRE VIII.

Heureuse délivrance. — Le livre du salut.

Le banc sur lequel se trouvaient M. de Belleroche et son compagnon formait un îlot, encore assez éloigné de l'île pour qu'ils ne pussent point gagner celle-ci sans courir bien des dangers.

« James, dit l'officier, il faut ici manœuvrer des bras; car je ne crois pas qu'il nous soit possible d'arriver à terre autrement qu'à la nage. Mais outre que je ne sais pas nager, je ne me sens pas assez de force pour lutter contre les flots. Ainsi, mon cher ami, vous vous sauverez seul pour votre bonheur et celui de votre mère. En nageant d'un banc de sable à l'autre, vous pourrez de temps en temps vous reposer, et lorsque vous aurez gagné la rive, vous trouverez peut-être quelqu'un qui pourra venir me prendre ici. Mais hâtez-vous, car le jour est à son déclin, et la marée pourrait vous surprendre au milieu du trajet.

— Je ne vous quitterai pas, Monsieur, répondit James d'un ton résolu ; il faut que je vous emmène. Nous n'aurons pas besoin, je l'espère, de nager : à ce que je vois, la mer est si peu profonde que nous pourrons la passer à gué. D'ailleurs les bancs sont peu éloignés les uns des autres, et le dernier est presque contigu à l'île.

— Vous avez raison, mon ami, reprit M. de Belleroche. Dieu a permis que notre chaloupe se brisât, sans doute parce qu'elle nous était devenue inutile. Marchons avec confiance, le Seigneur bénira nos efforts. »

Ils traversèrent le banc dans toute sa largeur, et entrèrent ensuite dans l'eau pour arriver au second. A peine en avaient-ils jusqu'à la ceinture. Du second ils passèrent aussi heureusement au troisième. Mais ici

M. de Belleroche sentit tout à coup ses forces défaillir ; il ne put aller plus loin.

« Mon ami, dit-il à James, je me vois obligé de vous renouveler ma prière. Il m'est tout à fait impossible de continuer le chemin, sans m'exposer à rester au milieu des flots; je veux attendre ici qu'arrivé à la côte vous m'envoyiez des secours.

— Oh ! Monsieur, répondit vivement James, car il se sentait déjà lié à M. de Belleroche par cet attachement vif et sincère que la reconnaissance seule peut inspirer, vous croyez que je pourrai consentir à vous abandonner à l'entrée de la nuit, sur ce banc, où d'un moment à l'autre vous pouvez être surpris par la marée? Mon Dieu ! non. D'ailleurs je ne suis pas sûr de rencontrer des hommes sur la côte, et je ne puis supporter l'idée de me sauver seul et de vous savoir au milieu des dangers sans pouvoir vous secourir. Vous ne pouvez marcher ; eh bien ! je vous porterai sur mes épaules. Dieu qui nous a soutenus jusqu'ici me donnera de nouvelles forces, et nous réussirons. »

La confiance de James ne fut point trompée. Quoiqu'il eût jusque alors souffert de la fatigue bien plus que M. de Belleroche, quoiqu'il eût eu beaucoup de peine à parvenir jusqu'à l'endroit où il se trouvait alors, une fois chargé de l'officier, qui ne consentit qu'à regret à se laisser porter, il courut plutôt qu'il ne marcha d'un banc à l'autre, ne se reposant par intervalles que pour reprendre ensuite sa course avec une nouvelle ardeur.

Cependant la marée montait, et déjà le dernier banc de sable que James avait à franchir était couvert d'eau. L'intrépide jeune homme se hâta d'avancer ; mais à peine fut-il entré dans la petite baie qui séparait ce banc de l'île, que le pied lui manqua et qu'il fut entraîné par les vagues avec son fardeau.

Heureusement il savait assez bien nager : c'était une des choses utiles qu'il avait apprises dans sa première jeunesse. Il saisit d'une main l'officier par son habit, et nageant de l'autre avec un courage héroïque, il arriva enfin sur le rivage, où il fut jeté par une vague.

Lorsque les deux compagnons d'infortune se furent un peu remis, M. de Belleroche se leva et dit à James :

« Dieu nous a sauvés, il faut avant tout l'en remercier. » Et il se prosterna.

James, dont tous les membres tremblaient des efforts inouïs qu'il venait de faire, se laissa tomber à genoux à côté de l'officier, et, joignant les mains, il répandit un torrent de larmes. C'étaient des larmes de reconnaissance. Il sentait qu'il devait à Dieu non-seulement la vie du corps, mais encore celle de l'âme. Dieu, en le sauvant du naufrage, lui donnait le temps de faire pénitence, et sa joie égalait celle d'un débiteur en détresse, auquel ses créanciers veulent bien accorder un délai suffisant.

Pour profiter des dernières heures du crépuscule, M. de Belleroche proposa à son compagnon d'avancer dans l'intérieur des terres, et, appuyé sur lui, il se dirigea vers l'est. Ils n'avaient pas encore fait une centaine de pas qu'ils entendirent le murmure d'un ruisseau. Quelle agréable rencontre pour des naufragés que la soif tourmentait depuis si longtemps! Ils se couchèrent à terre et burent à longs traits l'eau bienfaisante que le Ciel leur avait montrée.

En continuant leur chemin, ils trouvèrent des champs cultivés à la manière européenne, et un sentier qui traversait d'immenses cotonneries (1). Ils entrèrent dans le sentier et arrivèrent bientôt devant une croix élevée sur un tertre et portant l'image du Sauveur du monde.

« Dieu soit loué ! s'écria M. de Belleroche. Je craignais de trouver ici un peuple sauvage ; mais nous sommes chez des chrétiens, et cette croix, dont la rencontre était inespérée, me paraît du plus heureux augure. »

James s'arrêta un instant devant le signe de salut, et, après s'être respectueusement incliné, il suivit M. de Belleroche, qui lui montra enfin sous les arbres une habitation. Elle était bâtie comme presque toutes les maisons du midi de l'Europe, et paraissait appartenir à un homme aisé.

Ils s'approchèrent de la porte et frappèrent. Un instant après parut un nègre. Effrayé à la vue de ces étrangers dont les traits étaient profondément altérés par les souffrances et les privations, il se sauva en jetant un grand cri. Le maître de la maison, qui l'entendit, accourut, et apercevant les naufragés, il se douta aussitôt de leur malheur.

(1) Terrains où l'on cultive l'arbuste qui produit le coton.

Il leur adressa la parole en langue franque (1), et M. de Belleroche, qui connaissait assez bien cette langue pour s'en servir au besoin, répondit à toutes ces questions avec une si touchante simplicité, que l'étranger ne put retenir ses larmes. Il les introduisit dans une espèce de salon, où il leur fit donner d'autres vêtements et servir une collation abondante.

Pendant le repas, ils apprirent que leur hôte était un planteur, d'origine espagnole, qui depuis plusieurs années s'était établi dans cette île, où il s'occupait particulièrement de la culture du cotonnier.

On les conduisit ensuite dans une chambre où le planteur leur avait fait dresser des lits. A peine furent-ils couchés, qu'ils s'endormirent profondément.

James ne s'éveilla le lendemain que bien avant dans la journée. Quelle fut sa frayeur lorsqu'il vit M. de Belleroche en proie à une fièvre ardente, et tellement épuisé qu'il lui était impossible de se lever!

(1) Jargon mêlé de français, d'italien et d'espagnol, en usage dans le Levant et sur les côtes septentrionales de l'Afrique.

« J'ai passé une bien mauvaise nuit, dit l'officier. Après avoir dormi une heure ou deux, je me suis éveillé avec la fièvre. La lutte que j'ai soutenue ces jours passés contre la fureur des éléments a anéanti le reste de mes forces. Quoique d'une santé robuste, je ne suis plus d'âge à faire d'aussi grands et d'aussi longs efforts, et je sens que ma fin n'est pas éloignée. Avez-vous quelque chose à faire dire à William ? »

Quoique ces dernières paroles fussent prononcées avec un léger sourire, elles n'en causèrent pas moins à James une vive douleur. Il serra en pleurant la main de l'officier, et lui répondit :

« Vous m'avez bien souvent recommandé la confiance en Dieu ; permettez-moi maintenant, Monsieur, de vous rappeler vos propres paroles et de vous encourager à mon tour à espérer votre rétablissement. Je prierai Dieu pour vous, et il exaucera ma prière. »

James ne quitta plus le lit de M. de Belleroche ; il le soigna avec la même tendresse qu'un enfant vertueux soigne un père chéri. Il lui devait en majeure partie sa régénération spirituelle, et c'est parce qu'il le considérait comme un ange envoyé de Dieu pour le ramener sur le chemin du salut, qu'il parlait avec tant d'assurance de sa prochaine guérison.

Dieu exauça les vœux du jeune homme. Après quelques jours de souffrances, M. de Belleroche se trouva mieux et put sortir de sa chambre.

Appuyé sur le bras de James, il retournait ordinairement à l'endroit de la côte où ils avaient abordé, et, se rappelant mutuellement la protection de la Providence qui les avait arrachés à tant de périls, les deux naufragés unissaient leurs actions de grâces, et des larmes de reconnaissance inondaient leurs paupières.

Le planteur n'avait rien omis pendant toute la durée de la maladie de M. de Belleroche, pour accélérer son rétablissement et le distraire de ses ennuis. Il continua de lui témoigner ainsi qu'à James le plus vif intérêt; et s'il désirait parfois de trouver une occasion qui pût les ramener dans leur patrie, c'était seulement parce qu'il avait remarqué dans James une tristesse profonde qu'il attribuait au mal du pays. Mais on était à une époque de l'année où les bâtiments côtoient rarement ces parages, et force fut à M. de Belleroche d'attendre encore quelques mois.

Cependant il lui répugnait de rester ainsi à charge à son hôte, et il ne pouvait reconnaître les soins qu'on lui prodiguait qu'en se rendant utile au planteur ; il le pria avec tant d'instance de les employer, lui et James, à quelques travaux de sa petite colonie, que le planteur finit par y consentir.

M. de Belleroche fut donc chargé de l'inspection des plantations, et son jeune compagnon se mêla avec joie aux travailleurs, qui, ayant appris ses infortunes, le traitèrent comme leur compagnon et ami, de même qu'ils témoignèrent à l'officier autant de respect qu'à leur maître.

James travaillait du matin au soir avec une infatigable ardeur. Bien différent de ce qu'il avait été dans son jeune âge, il paraissait ne pas craindre la peine, à tel point que souvent, sans y être obligé, il faisait la besogne des autres, quand ceux-ci la trouvaient trop difficile.

Le planteur ne voyait dans cet empressement que le désir de mériter l'hospitalité qu'il lui avait offerte ; mais M. de Belleroche jugea mieux de ce qui se passait dans l'âme du jeune Irlandais. James avait reconnu la cause des désordres auxquels il s'était si longtemps livré ; il savait que l'oisiveté l'avait précipité dans tous les maux ; et pour se corriger de ce malheureux penchant, il n'imaginait point de meilleur moyen que le travail même et un travail forcé.

« Je m'étonne, lui dit un jour M. de Belleroche, de votre activité, de votre zèle. Je me souviens qu'à bord, à l'instant même où tous les bras n'étaient pas de trop pour sauver le bâtiment, il fallait vous contraindre au travail.

— C'est vrai, répondit James ; mais alors j'étais plongé dans cette malheureuse indifférence, ou plutôt dans ce dégoût de la vie qui m'empêchait même de prier. Aujourd'hui que j'ai reconnu mon égarement, je ne crois pas pouvoir assez faire pour apaiser la justice céleste, après avoir tant abusé des grâces du Seigneur. Et, comme vous me l'avez dit vous-même après la mort de William, la pénitence la plus agréable à Dieu est celle qui consiste à supporter avec patience les travaux et les peines de cette vie. Je cherche à m'habituer à la fatigue qui jusqu'à présent m'a toujours découragé et révolté. Un jour,

Dieu le permettra peut-être, un jour je pourrai travailler pour ma mère ; hélas ! je l'ai laissée dans la plus complète indigence.

— Je vous félicite, mon ami, de ces généreux sentiments, reprit M. de Belleroche, et je ne doute pas que le Seigneur ne vous accorde la grâce de réparer, par votre travail, les maux que votre conduite passée a causés à votre mère. Oui, continuez de mériter ainsi votre pardon, et vous l'obtiendrez. Dieu consolera aussi votre mère ; vous la reverrez, et vous ferez encore son bonheur. »

Un profond soupir fut la réponse de James ; ses yeux se mouillèrent de larmes, et M. de Belleroche fut obligé de changer de conversation.

Le dimanche était consacré au repos et à la prière. Le planteur conduisait autrefois ses gens sur le continent où un prêtre de leur nation célébrait les saints mystères pour tous les colons de cette contrée ; mais ce prêtre était mort peu de temps avant l'arrivée des deux naufragés, et en attendant qu'un autre vînt le remplacer, le planteur récitait lui-même les prières au milieu de sa petite colonie, comme fait à bord l'aumônier d'un bâtiment.

James édifiait ses camarades par son recueillement. Il regrettait seulement de ne pas pouvoir comprendre la lecture qui précédait la prière et qui se faisait en espagnol. Il s'en dédommageait dans le courant de la journée par une conversation intime avec M. de Belleroche, qui se faisait un plaisir de lui expliquer les principes de notre foi et les leçons sublimes que contient l'Évangile.

Un jour, le planteur l'envoya dans une chambre écartée chercher quelques outils dont il avait besoin. James obéit ; mais, ô surprise agréable ! en fouillant dans la malle où étaient renfermés les outils, il y trouva aussi un livre de piété, traduit en français ; et il connaissait assez bien cette langue, que dans sa première enfance il avait apprise de sa *bonne*, laquelle était Française. C'était le *Guide des Pécheurs* de Louis de Grenade.

Transporté de joie, et tenant le livre d'une main, de l'autre les outils, il courut vers le planteur, et lui demanda la permission de lire cet ouvrage aux heures du repos.

« Avec plaisir, mon ami, répondit l'Espagnol. Ce livre a été trouvé il y a déjà bien longtemps dans une caisse, appartenant sans doute à quelque vaisseau naufragé. Ne pouvant m'en servir, je l'ai mis de côté, et je regrette de l'avoir oublié ; je me serais empressé de t'en faire cadeau. Puisque tu l'as trouvé, garde-le : il est à toi. »

Il serait difficile de peindre le bonheur de James en voyant l'un de ses plus vifs désirs accompli d'une manière si inespérée. Pour en témoigner sa reconnaissance au patron, il redoubla d'ardeur au travail et d'assiduité dans ses moindres occupations. Après avoir bien travaillé tout le jour, le soir il prenait son livre, et, se retirant à l'écart, sur le bord de la mer, il lisait jusqu'à la nuit.

Bien différent du commun des lecteurs, qui, parcourant légèrement un ouvrage de piété, ne se font aucune application des vérités qui s'y trouvent, James lisait son livre comme s'il n'avait été écrit que pour lui ; et la nuit, avant de s'endormir, il méditait encore longtemps sur le sujet de sa lecture du jour.

Le dimanche il employait presque tout son temps à lire ; et bien des fois M. de Belleroche fut obligé de lui arracher le livre des mains, pour distraire son esprit auquel une trop longue application aurait pu devenir nuisible. James lui exposait ensuite les difficultés qu'il avait rencontrées, et M. de Belleroche, aussi instruit dans la piété que dans l'art militaire, les lui expliquait, comme un prêtre aurait pu le faire.

C'est ainsi que James répondait aux inspirations de la grâce et faisait des progrès de plus en plus rapides dans la connaissance et l'amour de Jésus-Christ. Il ne désirait plus qu'une faveur du Ciel, et il la sollicitait tous les jours : celle de pouvoir obtenir par le sacrement de pénitence le pardon de ses péchés. L'impossibilité où il se trouvait de satisfaire ce besoin pressant de son âme lui était très-pénible ; et de là venait cette tristesse, cet abattement que le planteur attribuait au désir de revoir sa patrie. James parlait souvent de son chagrin à M. de Belleroche.

« Mon ami, lui répondait cet homme pieux, espérez toujours en la miséricorde de celui qui est mort pour le salut du pécheur. Nous ne resterons pas toujours ici : un jour viendra que Dieu agréera le vœu de votre cœur. Vous savez aussi qu'à défaut de l'absolution du prêtre, une contrition parfaite suffit pour la rémission de nos péchés, et j'ai la confiance que cette contrition ne vous manque pas. Il n'y a pas longtemps que la mort vous menaçait de tous côtés ; croyez-vous que le Seigneur qui vous a délivré d'un si grand péril vous ait conduit ici pour ne pas achever l'œuvre de sa miséricorde? non... Dieu est fidèle à ses promesses, et un jour vous aurez lieu de vous réjouir de son infinie bonté. »

Ce fut surtout durant une indisposition assez grave survenue au jeune Irlandais à la fin du second mois de son séjour en Afrique, que M. de Belleroche eut occasion de lui rappeler cette vérité si consolante pour le pécheur, qu'une sincère contrition pouvait suppléer au sacrement. Assis au chevet de son lit, il lui faisait des lectures pieuses ou l'entretenait de sujets religieux.

La chaleur du climat, jointe aux fatigues journalières auxquelles James se livrait avec trop d'ardeur et au tempérament bouillant du jeune homme, lui avait donné cette maladie, qui inspira d'abord de vives inquiétudes à M. de Belleroche; mais Dieu avait résolu de lui conserver la vie, pour faire éclater sur lui sa miséricorde, et James fut bientôt en état de reprendre ses travaux.

-o⁂o-

CHAPITRE IX.

Belle réciprocité.

Trois mois s'étaient écoulés sans qu'aucun événement important vînt troubler la paix dont jouissaient les deux naufragés. Un jour, c'était un dimanche, ils se promenaient ensemble sur la côte qui faisait face au continent, où le planteur avait passé la veille, lorsqu'ils virent celui-ci revenir en toute hâte, faisant entendre du plus loin qu'il put des cris d'allégresse. Il ramait lui-même afin d'accélérer la marche de la barque qui le portait avec deux de ses domestiques. Quand il aborda, il courut vers M. de Belleroche et son compagnon, et leur annonça qu'un navire français était mouillé près de la côte pour faire de l'eau et devait repartir le lendemain pour Marseille.

« Je me suis fait un devoir et un plaisir,

ajouta-t-il, de vous annoncer cette bonne nouvelle : non que je sois content de vous voir partir, tout au contraire ; mais parce que j'ai déjà éprouvé moi-même et bien des fois que partout où l'on n'est pas à sa place, on se trouve aussi mal qu'un poisson tiré de son élément et jeté sur la grève. James surtout sera heureux de revoir sa patrie et...

— Ah ! Monsieur, répondit James, il n'y a plus de patrie pour moi. J'en ai été banni, parce que je le méritais. Ma pauvre mère, je ne te reverrai donc plus !

— Allons, mon ami, dit M. de Belleroche, ne vous laissez pas ainsi décourager. Avant de retourner en Irlande vous me suivrez d'abord à Lyon, et vous attendrez là que j'aie arrangé votre affaire aussi bien que le Seigneur le permettra. Je devais me rendre à Pondichéry pour y recueillir l'héritage d'un parent mort depuis deux ans ; mais puisque Dieu en a ordonné autrement, je laisserai à mes amis dans les Indes le soin de mes intérêts, et j'irai à Londres solliciter votre grâce, qui, j'en suis sûr, ne me sera point refusée.

— Homme généreux, reprit James en même temps qu'une larme brûlante s'échappait de ses yeux, le Seigneur vous récompensera : car je ne suis pas capable de reconnaître vos bontés comme elles le méritent.

— Point de remercîments, mon ami, continua M. de Belleroche ; vous m'avez montré le plus héroïque dévouement, il n'est que trop juste que je fasse à mon tour quelque chose pour vous. »

Ensuite ils entrèrent tous dans la chaloupe, et un quart d'heure après ils arrivèrent sur le continent. Grande fut la joie de M. de Belleroche, lorsqu'il reconnut parmi les passagers des *Deux Frères* (c'était le nom du navire marchand mouillé dans la rade), un de ses amis qui lui apportait le produit de sa succession. « Je pensais, dit le passager, que ta santé ne te permettrait plus de supporter une si longue navigation, et j'ai cru te faire plaisir en t'apportant moi-même ce que t'a laissé ton oncle.

— Je te remercie, répondit M. de Belleroche ; mais tu te trompais en pensant que je n'oserais pas aller moi-même revendiquer mes droits, car souvent il s'élève dans ces sortes d'affaires des difficultés qui exigent la présence des personnes qui y sont intéressées. J'étais en effet sur la route des Indes, lorsque notre bâtiment se brisa près de cette côte, où j'ai attendu jusqu'à présent une occasion pour continuer mon voyage ou retourner en France. »

M. de Belleroche raconta aussi à son ami comment, après avoir échappé une première fois à la mort, il en avait été sauvé une seconde fois par le courage de James.

« Nous avons eu aussi beaucoup à souffrir, reprit son ami ; mais grâce aux prières d'un saint homme qui nous accompagnait, nous en avons été quittes pour la peur. Nous avions déjà doublé le cap Comorin, lorsque nous fûmes assaillis par une horrible tempête qui nous mit à deux doigts de notre perte. Le vent nous poussait avec une violence irrésistible contre les écueils qui bordent la côte. « A genoux, mes frères, s'écria le missionnaire quand il vit tous nos efforts inutiles, et récitez votre *Confiteor*. Demandez pardon à Dieu de vos péchés, et je vous donnerai l'absolution générale. » Tout le monde obéit, car il n'y avait plus d'espoir. Mais à peine les paroles sacramentelles furent-elles prononcées que le vent changea tout à coup de direction et nous ramena dans la haute mer, où bientôt il perdit toute sa violence, et nous pûmes continuer notre route.

— Et quel est, s'il vous plaît, ce prêtre? demanda James avec un regard où se peignait tout le désir de connaître celui dont il venait d'entendre dire ces merveilles.

— C'est un missionnaire de la Chine, répondit l'étranger. Il y a déjà dix ans qu'il y travaille à la vigne du Seigneur, et son apostolat a produit les plus beaux fruits de bénédiction. Plusieurs fois il a été poursuivi par les infidèles avec un acharnement qui devait faire craindre pour ses jours; Dieu l'a toujours protégé, et aujourd'hui il se dirige vers Rome pour rendre compte au saint-père des résultats de sa mission. Il est Français comme moi, et s'appelle le Père Hubert. »

Pendant que l'on répondait ainsi à la question de James, celui-ci détournait de temps en temps les yeux pour découvrir le missionnaire.

« Vous désirez sans doute lui parler? dit à James le capitaine des *Deux-Frères*, présent à cet entretien; il est là-bas sous ces palmiers, où sans doute il fait sa prière. »

James se dirigea aussitôt du côté qu'on lui indiquait. Il ne tarda pas à voir le Père Hubert se promenant à l'ombre, la tête découverte, et récitant son bréviaire. A quelque distance paissait un troupeau de vaches, que personne ne gardait, parce que la prairie où elles étaient menées tous les jours était séparée des plantatious par un courant d'eau, et qu'une porte fermait le pont jeté sur ce ruisseau.

Le missionnaire avait choisi ce lieu retiré pour n'être point distrait dans sa prière, et n'avait pas fait attention que parmi les vaches se trouvait aussi un taureau.

James passe le pont et s'avance timidement sous les palmiers. A peine a-t-il fait quelques pas, que le taureau se lève et se met à mugir. Cependant ce n'est pas contre James que s'éveille sa fureur, c'est contre le missionnaire. Le terrible animal s'élance, et, la tête baissée, court sur le saint homme.

James voit le danger qui menace le Père Hubert, et se précipite avec intrépidité vers le taureau, sans autre arme qu'un long bâton qu'il portait habituellement dans ses courses.

Arrivé près du taureau, il se place de côté et lui jette avec tant de force son bâton entre les jambes, que l'animal tombe lourdement en faisant retentir l'air de ses longs mugissements.

Pendant qu'étourdi de sa chute l'anima

est étendu sur le terrain, Jamais rejoint le Père Hubert, et l'entraîne par-dessus le pont.

« Je vous remercie, dit le missionnaire à James, après s'être remis de sa frayeur : sans vous je périssais. Je voudrais pouvoir reconnaître ce que vous venez de faire pour moi !...

— Vous le pouvez, mon Père, répondit James en l'interrompant vivement ; et, si vous le permettez, je fixerai moi-même la récompense que j'attends de votre générosité.

— Eh bien ! parlez, mon ami, continua le missionnaire que les dernières paroles du jeune homme avaient surpris.

— Homme de Dieu ! reprit James d'une voix solennelle en se jetant aux pieds du prêtre, je vous ai sauvé la vie du corps, sauvez celle de mon âme. Je suis un pauvre pécheur qui depuis longtemps vis dans la disgrâce de mon Dieu et attends sa miséricorde.

— Levez-vous, mon ami, répondit le missionnaire encore plus étonné qu'auparavant. Nous allons nous promener ensemble sur la côte, où nous ne serons point dérangés, et là vous m'ouvrirez votre cœur. »

James avoua avec une admirable candeur tous les désordres de sa vie passée, les malheurs qui avaient affligé sa famille et la manière dont le Seigneur l'avait ramené sur le chemin de la vérité et du salut.

Le missionnaire ne pouvait assez admirer les voies de la Providence relativement au jeune pénitent qu'elle lui avait amené. Il avait déjà converti bien des pécheurs ; mais dans aucun d'eux il n'avait reconnu si bien la puissance de la grâce.

Après un entretien d'une heure, il fut convenu que dès le lendemain James se préparerait à recevoir le sacrement de pénitence par des aveux plus détaillés sur sa vie criminelle, et qu'aussitôt qu'on débarquerait à Marseille il s'occuperait avant tout de sa réconciliation avec Dieu.

James avait encore les yeux rouges quand il rejoignit la société. M. de Belleroche le remarqua, et, se doutant de ce qui venait de se passer entre son jeune ami et le missionnaire, il lui dit à voix basse en lui pressant la main : « Vous voyez que Dieu n'abandonne jamais ceux qui reviennent sincèrement à lui. »

Le Père Hubert raconta avec quelle intrépidité James avait exposé sa vie pour le sauver de la fureur du taureau.

« Il n'en fait pas d'autre, dit le planteur

en jetant un regard de satisfaction sur le jeune Irlandais. Depuis qu'il est avec nous, il s'est toujours conduit avec cette bravoure qui l'a fait aimer de tous ceux qui le connaissent. Je regrette beaucoup de le perdre; mais, ajouta-t-il avec un sourire, une tendre mère l'attend avec impatience; il ne faut pas la priver du plaisir de revoir son enfant. »

Le soir du même jour, le planteur prit congé de M. de Belleroche et de James, qui devaient passer la nuit sur le continent et s'embarquer le lendemain de bonne heure. Les adieux de part et d'autre furent aussi touchants que sincères, et ce ne fut que bien tard dans la nuit que le planteur put retourner à son île.

Le lendemain, à la pointe du jour, M. de Belleroche et son jeune compagnon furent conduits à bord des *Deux-Frères*. On leva l'ancre, et le bâtiment poussé par un vent favorable s'avança rapidement en pleine mer.

CHAPITRE X.

Un combat sur mer. — La communion du pécheur converti.

Le temps était magnifique; passagers et matelots, tout le monde se trouvait sur le pont. Le Père Hubert et James étaient les seuls qui ne parussent pas. Retirés dans la chambre du capitaine, ils s'entretenaient d'un sujet mille fois plus important que tous ceux qui occupaient alors le reste des voyageurs. James faisait sa confession, et avouait ses fautes avec un si profond repentir, que son confesseur ne put lui-même retenir ses larmes.

Le troisième jour, le Père Hubert lui donna l'absolution après laquelle il soupirait depuis si longtemps, et la joie de James fut si grande, qu'il alla aussitôt communiquer cette bonne nouvelle à M. de Belleroche. « Vous avez été mon guide dans la voie du salut, lui dit-il; c'est vous qui, par vos réflexions et vos encouragements, m'avez ramené vers Dieu ; il est juste que vous partagiez aussi mon bonheur en apprenant que je viens d'obtenir mon pardon.

— J'en remercie le Seigneur avec vous, répondit M. de Belleroche. Il ne vous reste plus maintenant qu'à obtenir votre pardon des hommes; mais vous l'obtiendrez, car Dieu parlera pour vous au cœur de vos juges. Prions et espérons ; le Ciel disposera tout pour votre bonheur et celui de votre mère. »

Jusqu'au détroit de Gibraltar, le voyage fut aussi heureux qu'on pouvait le désirer ; mais à peine le navire était entré dans les eaux de la Méditerranée, que le matelot placé en vigie au sommet du grand mât annonça l'approche d'un corsaire tunisien faisant la même route.

Aussitôt tout le bâtiment fut en rumeur. Le capitaine ordonna de faire monter sur le pont et de placer sur leurs affûts les deux seuls petits canons en fonte qui se trouvaient à bord; mais il voulut en même temps que l'on forçât de voiles pour éviter une lutte sans doute inégale.

Cette dernière précaution devint inutile. Le corsaire était meilleur voilier que le navire français, chargé d'ailleurs d'une lourde cargaison qui rendait sa marche plus lente. Bientôt le corsaire l'atteignit, et force fut de se préparer au combat.

On lâcha une première bordée (c'est ainsi que le capitaine appelait en plaisantant les deux coups tirés simultanément par les canons que servait un seul homme); mais les projectiles passèrent par-dessus le bâtiment ennemi et ne touchèrent pas même ses manœuvres. Avant que les deux pièces fussent chargées une seconde fois, le corsaire était bord à bord avec *les Deux Frères*.

Tous avaient pris les armes, et le combat commença par une fusillade assez vive, qui cependant ne fit pas beaucoup de mal. Les pirates en voulaient plutôt à la cargaison qu'aux hommes, et s'étant approchés le plus qu'ils purent du bâtiment qu'ils convoitaient, ils tentèrent de monter à l'abordage. James les attendait une hache à la main. Couché sur le pont, du côté où il avait présumé que l'attaque aurait lieu, et la moitié du corps penché hors du bâtiment, il asséna des coups si vigoureux et abattit avec tant d'adresse deux ou trois mains qui saisissaient les cordages que les corsaires essayèrent de monter d'un autre côté. Mais prompt comme l'éclair, James se releva et courut les recevoir de cet autre côté.

Plusieurs pirates étaient montés sur le pont malgré le courage de ceux qui le défendaient, et l'un de ces brigands levait déjà son yatagan (1) sur M. de Belleroche, lorsque James le prévint et d'un coup de hache lui fendit la tête.

Cet exploit jeta la consternation dans la troupe ennemie. L'équipage français en profita pour les culbuter tous les uns après les autres en bas du pont. James n'avait encore reçu aucune blessure ; mais le dernier des ennemis qui restait sur le pont, et qui continuait de se battre plutôt avec rage qu'avec bravoure, lui porta sur le front un coup qui le fit tomber à la renverse.

M. de Belleroche et le capitaine achevèrent de décider la victoire. Ceux des pirates qui étaient restés dans leur bâtiment, ou qui, après avoir été précipités dans les flots, avait pu le rejoindre, se hâtèrent de virer de bord, et un instant après ils fuyaient à toutes voiles.

(1) Sabre recourbé des Arabes.

James était grièvement blessé, ainsi que plusieurs matelots, dont deux moururent presque aussitôt. On s'empressa de lui donner tous les soins nécessaires; et dès le lendemain un mieux sensible dissipa les craintes de M. de Belleroche et du Père Hubert, qui s'intéressait aussi vivement que l'officier à la vie du jeune Irlandais.

On arriva enfin à Marseille. James encore souffrant fut transporté dans un hôtel où M. de Belleroche voulut le faire soigner par un des premiers chirurgiens de cette ville, et sa confiance ne fut point trompée. James, dans l'espace de quelques jours, recouvra toutes ses forces et fut en état de faire quelques promenades avec son bienfaiteur.

Pendant sa convalescence, le Père Hubert était allé à Aix, où se trouvaient ses supérieurs. Quinze jours après il revint à Marseille, d'où il devait partir pour Livourne et de là pour Rome. Il vit avec plaisir le rétablissement de son jeune pénitent, et celui-ci lui rappela la promesse qu'il lui avait faite de le recevoir à la sainte table.

Le Père Hubert attendait lui-même avec impatience le moment où il pourrait rassasier cette âme qui soupirait après son Dieu, comme un affamé après la nourriture dont il a été longtemps privé ; il lui annonça ce bonheur pour le dimanche suivant.

James passa les derniers jours de la semaine dans une retraite absolue. Il ne croyait pas que ce fût trop, quand après tant de péchés il s'agissait de recevoir son Sauveur ; et le temps qui lui était donné afin de se préparer à ce grand acte lui paraissait déjà si court, qu'il craignait d'en perdre la moindre partie.

Deux ou trois fois par jour il visitait les églises, où il passait des heures entières en prières et en méditation. Il aurait bien voulu y joindre quelques bonnes œuvres ; mais il vivait lui-même aux dépens de M. de Belleroche. Cependant il se promettait de remplir ce devoir aussitôt qu'il pourrait travailler et gagner quelque chose. Quand il rencontrait un pauvre qui lui paraissait plus digne de compassion, il le menait à son bienfaiteur, et celui-ci, pour lui faire plaisir, ne manquait pas de donner au mendiant une aumône abondante. « C'est pour vous que je donne cet argent, lui disait quelquefois M. de Belleroche en souriant ; quand me le rembourserez-vous ?

— Ah! Monsieur, répondit James, je ne sais pas si jamais je le pourrai.

— Ce sera donc Dieu qui me le rendra? Vous ne vous trompez pas : l'argent donné aux pauvres est un capital placé entre les mains du Seigneur, et qui rapporte dans ce monde ou dans l'autre de gros intérêts. »

Ce fut dans une chapelle particulière que James fut admis à la sainte communion. Pour ne point le distraire dans sa dévotion, le Père Hubert n'avait laissé entrer dans la chapelle que M. de Belleroche et un de ses confrères qui servit la messe.

Au moment de la communion et tandis qu'il tenait la sainte hostie, le missionnaire adressa encore au jeune pénitent, agenouillé au pied de l'autel, une allocution si touchante, que M. de Belleroche en fut attendri jusqu'aux larmes. Il est inutile de dire ce qu'éprouvait James dans cet heureux instant. Il était si ému, qu'après la communion M. de Belleroche fut obligé de le ramener à sa place et de veiller sur lui, de crainte qu'il ne se trouvât mal.

Après une heure d'actions de grâces, James retourna avec son bienfaiteur et le missionnaire à l'hôtel où le déjeuner les attendait. Plusieurs pauvres de la ville s'y trouvèrent sur l'invitation de M. de Belleroche, qui avait appris combien cette société plaisait à son jeune ami. Aussi celui-ci l'en remercia comme d'une faveur accordée à lui-même ; et ce fut lui qui voulut servir ces hôtes dans chacun desquels il voyait un membre de Jésus-Christ.

Vers midi, le Père Hubert, après avoir encore une fois exhorté son pénitent à la persévérance, prit congé de lui et de M. de Belleroche. Ceux-ci l'accompagnèrent jusqu'au port, où l'attendait le bâtiment qui devait le conduire à Livourne.

Il les embrassa, donna sa bénédiction à James, que la douleur avait rendu muet, et détournant les yeux pour cacher ses larmes, il disparut au milieu de la foule qui couvrait le port.

Le jour suivant, M. de Belleroche partit avec son jeune ami pour Lyon, résidence de sa famille. Celle-ci reçut James avec tout l'intérêt que méritaient ses malheurs. Après trois jours de repos, M. de Belleroche continua seul sa route vers le Havre, où il s'embarqua aussitôt à bord d'un paquebot pour la capitale de l'Angleterre.

Revenons maintenant à Mme Murphy que nous avons laissée en proie à la douleur, malgré les soins empressés de Patrick et de l'épouse de ce vertueux jeune homme.

CHAPITRE XI.

Le dernier châtiment de la mère coupable.

L'officier que nous avons vu racheter le médaillon que James avait vendu, l'avait longtemps gardé. Il ne pouvait se décider à le rendre à l'infortunée mère, car il savait bien que l'indifférence de son fils mettrait le comble à son affliction.

A la fin cependant, obligé de faire un voyage de long cours, il se décida enfin à lui rapporter le médaillon.

Patrick et son épouse venaient de partir pour Dublin. Un jour que Mme Murphy se trouvait à la maison seule avec sa servante, l'officier dont nous venons de parler se présenta chez elle. Elle était en deuil, et la pâleur de ses traits annonçait la douleur de son âme.

« Pardonnez-moi, Madame, lui dit-il, si je viens, sans vous avoir fait prévenir, vous troubler dans votre solitude; mais j'ai trouvé un objet qui vous appartient; et comme je vais entreprendre un long voyage, je me fais un devoir de vous le rapporter. »

En disant ces mots, il tira le médaillon de sa poche et le remit à la veuve. Celle-ci n'osait d'abord en croire ses yeux; mais quand elle eut examiné le médaillon de près, elle jeta un cri de surprise et de douleur qui pénétra l'officier et le fit repentir de son étourderie.

« Monsieur, lui dit-elle après s'être un peu remise, je reconnais ce médaillon : il appartient à notre famille. Mais je ne comprends pas par quel hasard il a pu sortir des mains de mon fils, auquel je l'avais donné comme un dernier souvenir, et passer dans les vôtres.

— Je l'ai trouvé, répondit l'officier en cherchant à réparer par un mensonge la faute qu'il venait de commettre, je l'ai trouvé sur le chemin qu'ont suivi les condamnés du nombre desquels était votre fils, en passant de la prison sur le vaisseau qui devait les conduire en exil. Sans doute que dans le désordre qui accompagne ordinairement cette translation votre fils l'aura laissé tomber.

— O Monsieur, vous cherchez à me tromper. Non, mon fils n'a pu le perdre; car c'est moi-même qui l'ai suspendu à son cou; et quand un enfant aime sa mère, il ne perd pas si facilement le seul souvenir qu'elle lui a laissé de son amour et de ses larmes. Cependant...» Ici elle s'arrêta : une pensée terrible s'était élevée dans son âme. Elle commença à trembler et fut obligée de s'asseoir pour ne point succomber sous le poids du sinistre pressentiment qui la torturait. « Monsieur, dit-elle enfin d'une voix agitée, vous me cachez la vérité; mais je la devine. James a vendu ce médaillon pour satisfaire un penchant vicieux : la manière dont il m'a reçue dans la prison ne me permet pas d'en douter. *O Dieu! vous êtes juste, et vos jugements sont l'équité même.* »

Ses yeux, d'abord fixes et hagards, se fermèrent, et elle tomba à la renverse sur le sofa où elle était assise. Sa femme de chambre s'empressa de lui donner les premiers secours, et appela ensuite du monde pour l'aider à porter la malheureuse mère sur son lit. L'officier, témoin de cette scène de désolation, n'eut pas le courage de rester. Après avoir jeté un dernier regard sur la figure décolorée de celle qu'il venait lui-même de réduire à cet état, il sortit et quitta brusquement Kilkenny.

Lorsque Mme Murphy fut revenue à elle, elle demanda l'officier. On lui annonça qu'il était parti.

« Je ne me suis donc pas trompée ! s'écria-t-elle d'une voix déchirante. James ! malheureux enfant ! ah ! si tu savais ce que tu as déjà coûté de larmes à ta mère ! Mais pourquoi me plaindre ? moi-même je t'ai précipité dans le malheur, et Dieu ne fait que me punir de la cruelle indulgence avec laquelle j'entretenais tes mauvais penchants. Un jour tu apprendras que ta mère languit dans le chagrin ; mais tu ne viendras pas la consoler à ses derniers moments, tu ne viendras pas lui fermer les yeux !... »

C'est ainsi que cette pauvre mère s'abandonnait à la douleur ; et sans la religion qui l'avait soutenue jusque alors, elle y aurait succombé.

Une autre pensée ranimait de temps en temps ses esprits abattus. James pouvait encore être gracié. Elle savait que son neveu n'était allé à Dublin que pour solliciter la grâce du coupable, et qu'il serait appuyé par plusieurs seigneurs de la cour, qui avaient promis d'employer tout leur crédit auprès du monarque.

Le lendemain on apporta comme de coutume les journaux. Mme Murphy ne s'occupait pas de la politique ; mais elle lisait toutes les nouvelles de mer, depuis le départ de son fils. Ce jour même elle parcourut le journal avec une espèce d'anxiété, et après un quart d'heure de lecture, elle arriva au passage suivant :

« On écrit du cap de Bonne-Espérance :
« On a trouvé aux environs du Cap-Vert les
« débris d'un navire que l'on croit être un bâ-
« timent de l'État, dont nous n'avons encore
« reçu aucune nouvelle, le *Great-Runner*. »

Ici la feuille tomba des mains de Mme Murphy, et, jetant un cri perçant, elle perdit toute connaissance.

Elle était seule dans cet instant critique ; mais on avait entendu sa voix, et on s'empressa d'accourir. On la trouva dans les plus violentes convulsions. Son œil était sec, son regard affreux, et ses traits, par leur pâleur, semblaient annoncer les dernières souffrances de l'agonie.

On lui adressa la parole, elle ne répondit pas ; mais de temps en temps elle criait d'une voix effrayante : « James!... James!... malheureux enfant! »

Personne ne connaissait encore la cause de cette nouvelle crise. Mais pendant que tout le monde se perdait en conjectures, et redoutait pour la malheureuse veuve les suites funestes que pourrait avoir un état si alarmant, Patrick et son épouse entrèrent.

Ils avaient appris à Dublin le naufrage du *Great-Runner*, sur lequel James était parti pour l'exil, et cela à l'instant même où ils espéraient plus que jamais d'obtenir la grâce de leur cousin ; et de crainte que leur tante n'apprît cette nouvelle par la voie des journaux, ils s'étaient hâtés de revenir à Kilkenny.

Quelle fut leur douleur lorsqu'ils aperçurent Mme Murphy dans les angoisses de la mort! Ils se doutèrent aussitôt de la vérité, et Patrick, s'étant approché de sa tante et lui prenant affectueusement la main, lui demanda ce qu'elle avait.

« Tiens, mon neveu; lis toi-même, répondit-elle. Et elle lui montra le journal.

— Je sais tout, ma bonne tante, reprit Patrick, et je regrette de n'avoir pas été ici pour empêcher que vous n'apprissiez ce malheur. Cependant de ce que le bâtiment a fait naufrage, ce qui n'est pas encore prouvé, nous n'en pouvons pas conclure que tous les hommes qu'il portait ont péri. Combien de fois n'a-t-on pas vu des naufragés, sauvés d'une mort presque certaine, venir consoler eux-mêmes des parents et des amis qui pleuraient leur perte ! Vos prières auront sauvé votre fils.

— Ah ! j'en doute fort, poursuivit Mme Murphy avec une indicible expression de douleur et d'abattement. James a renié honteusement sa mère, et celui qui renie les auteurs de ses jours, quelle miséricorde peut-il attendre du Ciel ? Vois ce médaillon : le malheureux l'a vendu, parce qu'il n'avait pas assez de l'argent que je lui avais donné pour suffire aux besoins de son intempérance. »

Patrick et son épouse ne pouvaient revenir de leur étonnement ; ils se détournèrent pour cacher à la mère de James l'horreur que la vue de ce médaillon avait provoquée en eux contre le fils coupable.

Mais Patrick voulut encore faire un effort pour consoler sa tante ; il lui parla de la longanimité de Dieu envers le pécheur, qu'il sauve souvent au moment même où sa perte paraît assurée. Malgré la conviction profonde qui accompagnait ces paroles, elles parurent ne faire aucune impression sur la malheureuse mère.

« Mon Dieu! mon Dieu! reprit-elle après un assez long silence qui avait alarmé tous les assistants, si James est mort dans le péché, si aujourd'hui il expie dans des tourments qui n'auront point de fin les égarements de son cœur; ah! qu'il est terrible de penser que c'est ma tendresse qui l'a perdu, que c'est moi qui ai causé son malheur éternel!... »

Elle s'arrêta de nouveau. Ses lèvres s'agitaient encore ; mais elles ne donnaient plus passage à aucun son, tous ses membres tremblaient, et ses yeux qu'elle promenait autour d'elle comme pour demander du secours, les soupirs qui s'échappaient de sa poitrine oppressée, tout en elle rappellait ces grandes terreurs qui tourmentent l'âme du pécheur lorsqu'il se sent sur le point de paraître devant Dieu et son juge.

Patrick, qui suivait tous les mouvements de sa tante avec la plus vive inquiétude, tandis que son épouse agenouillée priait et pleurait, resta bientôt convaincu de l'inutilité de ses efforts pour tranquilliser l'esprit de cette pauvre mère. N'espérant plus de secours que du Ciel, il montra à sa tante, sans rien dire, l'image du Sauveur, fixée au mur qui lui faisait face.

Mme Murphy comprit le geste de son neveu, et, comme sortant d'un rêve pénible, elle s'écria : « Tu as raison, mon enfant, prions. »

Soutenue de son neveu, elle se prosterna au pied de la croix. Un torrent de larmes s'échappa de ses yeux jusque alors restés secs, et la vie parut ranimer son corps débile et languissant, déjà penché sur la tombe.

Après une courte prière, elle se releva seule, et embrassant son neveu et sa nièce :

« Je suis plus tranquille maintenant, dit-elle, je sens que la prière m'a fait du bien. Je veux encore espérer en la bonté infinie de celui qui a rendu à la veuve de Naïm son enfant, et a accordé la conversion de saint Augustin aux vœux de sa mère. »

A partir de ce jour, Mme Murphy se rattacha à la vie. Souvent elle parlait de James, mais avec une satisfaction qui annonçait assez l'espoir qu'elle nourrissait de le revoir un jour.

CHAPITRE XII.

La grâce. — Sublime résignation.

Cependant M. de Belleroche était arrivé à Londres, où il se présenta au ministère de la marine.

Le ministre fut très-surpris de voir en lui l'un des passagers de ce bâtiment qu'on soupçonnait de s'être perdu, corps et biens, sur les côtes de l'Afrique, et sa surprise fut partagée par tous les seigneurs de la cour, qui s'empressèrent de venir questionner le naufragé.

Cette nouvelle parvint bientôt aux oreilles

du roi, et c'est ce que désirait M. de Belleroche. Le monarque, à l'occasion d'un voyage à Édimbourg qu'il avait fait sur le *Great-Runner*, avait lui-même arboré sur la poupe le pavillon royal; et de là venait cet intérêt particulier qu'il témoignait à la conservation de ce bâtiment. Il avait appris avec douleur le naufrage arrivé au *Great-Runner*; et quand on lui annonça qu'un officier français passager à bord de ce vaisseau avait seul échappé au désastre, il le fit mander aussitôt, afin d'en obtenir tous les détails de ce triste événement.

M. de Belleroche se rendit avec empressement à l'invitation du roi, qui lui fit le plus bienveillant accueil, et s'entretint longtemps avec lui du malheur qu'il regrettait si vivement. « Mais, Monsieur, dit le monarque, comment avez-vous échappé à la mort qui a moissonné vos compagnons? Avez-vous eu seul ce bonheur, ou d'autres l'ont-ils partagé avec vous?

— Je venais de sauter, moi troisième, dans la chaloupe, répondit M. de Belleroche, lorsque le bâtiment échoué disparut sous les flots avec tous ceux qu'il portait. Mais l'un de mes compagnons, matelot en activité de service, mourut le lendemain, des suites d'une blessure grave qu'il avait reçue à bord. Il n'y eut qu'un jeune Irlandais et moi qui eûmes le bonheur d'atteindre la côte d'Afrique, où nous fûmes accueillis par un planteur espagnol. Un bâtiment de commerce français nous a ramenés ensuite en Europe et débarqués à Marseille.

— Et quel est ce jeune Irlandais? continua le monarque, où est-il? se trouve-t-il avec vous?

— Non, sire, il est resté avec ma famille à Lyon, où il attend sa grâce de Votre Majesté.

— Comment? serait-il sous le coup de la justice?

— Sire, il a été condamné à la déportation pour vols. Fils d'une riche famille de Kilkenny, il a été, comme le sont beaucoup d'enfants, gâté par une mère qui l'aimait avec plus de tendresse que de raison. Des amis perfides ont achevé de l'entraîner hors de la voie du bien; il a ruiné sa mère et anéanti ses plus belles espérances; il s'est fait ensuite matelot, et c'est au service même qu'il a été convaincu d'avoir soustrait des objets de valeur, et qu'il a été condamné.

— Ce que vous me dites là, Monsieur, ne

me fait pas bien augurer des dispositions de ce jeune homme à mériter son pardon. On le refuse à beaucoup d'autres moins coupables que lui; et si le châtiment qui frappe le coupable est une leçon pour la société, c'est bien ici le cas de mettre cette maxime en pratique.

— Il est vrai, Sire, que ce jeune homme a commis bien des fautes, et il est le premier à avouer que le châtiment qui lui avait été infligé par la justice des hommes n'aurait pas été suffisant pour expier les péchés dont il s'est rendu coupable aux yeux de la justice divine. Mais il s'est puni lui-même, autant qu'il est possible à l'homme de le faire. Durant trois mois que nous avons passés ensemble en Afrique, il a témoigné une si grande résignation dans les souffrances, une ardeur si soutenue dans les travaux auxquels il s'était condamné, que je ne crains point de dire qu'il a fait plus dans ce court espace de temps qu'il n'aurait peut-être fait dans toute sa vie à Botany-Bay. C'est à son courage, à son dévouement, que je suis redevable de la vie. Il m'a tiré des plus grands dangers au risque de se perdre lui-même. Il a arraché un prêtre français à la mort, qui le menaçait de près; et enfin son héroïsme a sauvé des horreurs de la captivité tout l'équipage du bâtiment sur lequel nous revenions en France. Sans lui, tous mes compagnons et moi nous serions aujourd'hui dans les fers à Tunis. »

Ces paroles prononcées avec chaleur produisirent tout l'effet qu'attendait M. de Belleroche. Le roi l'avait écouté avec intérêt et lui répondit avec bonté : « Je vous remercie, Monsieur, de votre confiance en ma clémence royale. Ce jeune homme aurait pu rester dans votre pays sans courir aucun risque. Ignoré et hors de l'atteinte de nos lois, il pouvait vivre tranquille sous votre protection ; mais vous avez préféré solliciter sa grâce. Vous n'aurez pas lieu de vous en repentir. Sur le témoignage avantageux que vous me donnez de votre jeune protégé, je lui accorde le pardon qu'il demande, et je lui permets de rentrer dans sa patrie. Dites-lui de ma part que j'espère qu'il continuera de se rendre digne de cette faveur. »

Le lendemain de cette entrevue, M. de Belleroche écrivait à James :

« Mon cher ami, c'est avec un extrême
« plaisir que je vous annonce l'heureuse

« réussite de ma demande auprès de votre
« roi ; il vous accorde votre grâce et vous
« permet de rentrer dans le sein de votre
« famille. J'ai pris quelques informations
« sur votre mère. Elle est bien plus heureuse
« que vous ne pensez ; mais je me réserve de
« vous expliquer de vive voix la cause de son
« bonheur. Aussitôt après la réception de la
« présente, vous partirez pour Dublin, où
« vous me trouverez à l'hôtel de ***.

« Je vous envoie ci-joint une lettre de
« l'ambassadeur de France aux autorités ci-
« viles de Lyon, à l'effet d'obtenir pour vous
« le passe-port qui vous est nécessaire. Aus-
« sitôt que vous aurez vos papiers, partez.
« Ma famille vous avancera les fonds dont
« vous aurez besoin. »

M. de Belleroche allait clore sa lettre, lorsqu'on lui annonça une vieille femme qui sollicitait de lui la faveur d'une audience. Il ordonna de l'introduire.

« Pardonnez-moi, Monsieur, lui dit la vieille, si je viens vous interrompre dans vos travaux ; mais vous avez encore sans doute votre mère, et vous n'ignorez pas combien le sort d'un enfant bien-aimé intéresse une mère, surtout quand cet enfant est le seul soutien de sa vieillesse. J'ai appris que le *Great-Runner* avait fait naufrage et que vous aviez échappé à la mort avec deux matelots. La nouvelle de ce désastre a été pour moi, comme pour beaucoup d'autres mères de famille, la cause de bien des larmes : car moi aussi, j'avais un fils à bord de ce bâtiment. Mais telle était la volonté du Ciel et je m'y suis résignée, quoique cette perte fût d'autant plus sensible pour moi que j'avais perdu quelque temps auparavant ma pauvre fille. Le Seigneur m'avait donné ces deux enfants ; il me les a enlevés : que son saint nom soit béni ! Je ne viens pas vous demander, Monsieur, si mon fils William a eu le bonheur d'échapper à ce naufrage, qui a fait tant de victimes : un secret pressentiment me dit qu'il n'est plus aujourd'hui de ce monde ; mais si vous l'avez assez connu pour pouvoir assurer à sa pauvre mère qu'il est mort dans la grâce de son Dieu. »

Cette résignation sublime d'une mère qui vient demander des nouvelles de son enfant et s'informer s'il est mort en chrétien, frappa M. de Belleroche. Il fit présenter un siége à la veuve et lui dit : « Vos pressentiments ne vous trompent pas : William n'est plus ; mais, malgré la douleur que j'éprouve à vous annoncer cette triste nouvelle, je m'estime heureux de pouvoir vous dire que votre fils est mort en chrétien, et qu'il a conservé jusqu'à son dernier soupir les sentiments de piété filiale qui l'animaient en vous quittant. »

M. de Belleroche raconta ensuite à la mère de William toutes les particularités de la mort de son fils. La tête penchée en avant, de crainte de perdre une seule parole, elle l'écoutait sans l'interrompre, essuyant de temps en temps une larme, et levant vers le ciel un regard dans lequel se peignaient l'amour et la reconnaissance.

Lorsque M. de Belleroche lui rendit la croix de son fils, elle la prit avec transport et la porta à ses lèvres.

« Je voudrais pouvoir la reconnaître, dit-elle, mais les larmes m'en empêchent. Dieu mon Sauveur, je vous remercie. Vous avez exaucé mes vœux ; vous avez accordé à mon fils la plus précieuse des faveurs, celle de mourir dans votre amour. Grâces éternelles vous en soient rendues ! »

Après que M. de Belleroche eut satisfait à

toutes les questions que lui adressa la veuve sur l'objet de sa tendresse, il s'informa aussi de la vie qu'elle menait à Londres, et comment elle avait quitté l'Irlande.

Il apprit ainsi qu'après la mort de sa fille, elle était venue dans la capitale à la suite d'une famille irlandaise qui, par pitié plutôt que pour les services qu'on pouvait attendre d'elle à son âge avancé, l'avait prise comme domestique. « Et c'est notre maître lui-même, ajouta-t-elle, qui nous annonça votre arrivée à Londres. »

M. de Belleroche promit à la veuve de faire tous ses efforts pour lui assurer un sort plus heureux : « J'ai, dit-il, beaucoup d'obligations à votre fils: puisqu'il m'est impossible de lui offrir à lui-même des témoignages réels de ma reconnaissance, il est juste du moins que sa mère n'en soit pas privée. Nous nous reverrons bientôt, et j'espère que vous approuverez le projet que vos amis auront formé pour vous. »

Lorsque la mère de William l'eut quitté, il ajouta en *post-scriptum* à la lettre destinée à James :

« Au moment de fermer la lettre, j'ai reçu
« la visite de la mère de notre pauvre ami

« William. Elle était déjà tellement résignée
« à la nouvelle que j'avais à lui donner, que
« je n'ai pas eu besoin de longs ménage-
« ments. Elle désire beaucoup de vous con-
« naître. Hâtez-vous donc. »

Cette lettre fut mise le même jour à la poste; et tandis qu'elle passait la Manche, M. de Belleroche traversait l'Angleterre et arrivait à Dublin.

CHAPITRE XIII.

Récompense de la foi.

A peine descendu à l'hôtel, où il avait donné rendez-vous à James, M. de Belleroche écrivit à Patrick une lettre par laquelle il le priait de venir à Dublin recevoir une communication importante. Il ne voulait pas aller lui-même sur-le-champ à Kilkenny, de crainte que Mme Murphy n'apprît trop brusquement l'heureuse nouvelle dont il était porteur. Il connaissait les nouveaux liens qui s'étaient formés entre elle et son neveu, et il voulait parler à ce dernier avant d'aller plus loin.

Patrick, qui n'avait jamais entendu parler de M. de Belleroche, ne fut pas peu surpris en recevant sa lettre. Comme le sujet de la communication qu'il devait recevoir n'était pas spécifié, il crut d'abord qu'on avait l'intention de le tromper ou de s'amuser à ses dépens. A la fin, cependant, il se décida à partir, et, après avoir recommandé sa tante aux soins de son épouse, il se mit en route.

« Monsieur, lui dit M. de Belleroche après les civilités d'usage, vous avez un cousin condamné pour vol à la déportation ; savez-vous ce qu'il est devenu?

— Non, Monsieur, répondit Patrick; je sais seulement que le bâtiment à bord duquel il se trouvait a fait naufrage sur les côtes d'Afrique, et que tout le monde a péri.

— Du moins on l'a supposé, reprit M. de Belleroche. Cependant j'étais du nombre des passagers.

— Et vous venez nous donner des nouvelles de James Murphy, mon cousin? Ah ! fasse le Ciel qu'elles puissent consoler une pauvre mère, qui supporterait encore avec résignation la mort de son enfant, si avant de paraître devant son Dieu il avait reconnu ses égarements et en avait sollicité le pardon.

— Il l'a demandé et obtenu. Dieu lui a accordé encore une grâce bien précieuse pour celui qui désire sincèrement réparer ses péchés, celle de la vie !...

— Ciel ! que dites-vous ? s'écria Patrick avec un transport mêlé de crainte et d'espérance : James serait-il encore de ce monde ? Ah ! quel bonheur pour ma tante? Quelle joie pour nous tous !

— Je vais satisfaire votre juste curiosité, reprit M. de Belleroche en approchant son siége de celui de Patrick. Veuillez m'écouter sans m'interrompre. »

Patrick était tout oreilles au récit des aventures de son cousin, et les larmes qui brillaient dans ses yeux témoignaient le bonheur qu'il éprouvait et qu'il lui tardait de faire partager à une tante que le chagrin avait menacée tant de fois de lui ravir.

« Que le Ciel soit loué ! dit-il. Maintenant que James est rentré en grâce avec Dieu, il nous sera plus facile aussi de lui obtenir son pardon des hommes.

— Il a déjà obtenu ce pardon, et bientôt vous reverrez celui que vous regrettez depuis si longtemps. »

Patrick était au comble de la surprise, et quand il eut appris que M. de Belleroche avait lui-même sollicité du monarque la grâce de James, il ne sut comment remercier dignement cet homme généreux qui lui apparaissait comme un ange envoyé du ciel. « Maintenant, continua M. de Belleroche, je vous laisse le soin de préparer Mme Murphy au bonheur de revoir son fils. Il faut pour cela beaucoup de ménagements : une joie trop subite pourrait la priver de celle que doit lui causer le retour de James. Je resterai ici, où j'ai donné rendez-vous à votre cousin. Aussitôt qu'il sera arrivé, nous nous rendrons ensemble à Kilkenny. »

Patrick remercia encore une fois M. de Belleroche et se hâta de retourner auprès de sa tante. Il fit part à son épouse de ce qu'il venait d'apprendre, et s'entretint longtemps avec elle pour aviser au moyen le plus prudent d'annoncer à leur tante l'existence et le prochain retour de James.

Le lendemain, Mme Murphy se promenait de bonne heure dans le jardin, où elle avait l'habitude de se livrer à ses mélancoliques rêveries interrompues souvent par la prière. Patrick alla à sa rencontre, et après lui avoir respectueusement baisé la main; il lui dit: « Je suis heureux de vous trouver si bien rétablie, ma bonne tante. Vos forces reviennent à vue d'œil, et le chagrin ne ride plus votre front.

— C'est vrai, mon enfant, je me trouve mieux de jour en jour, et j'espère que bientôt je serai entièrement consolée.

— Je ne vous comprends pas, ma tante.

— Tu te rappelles ce jour de douleur où, ne pouvant calmer mon affliction, tu me montras la croix, et m'indiquas par ce geste que je ne devais plus attendre de secours que du ciel; eh bien! je priai et je fus soulagée.

— Le Seigneur vous a donné cette résignation à sa volonté sainte, qui fait le bonheur du chrétien dans ce monde!...

— Il m'a donné plus que cela: l'espoir de revoir encore mon fils, non plus comme un criminel condamné par les lois, comme un pécheur endurci, mais comme un pénitent gracié par le Seigneur et par les hommes.

— Cependant le naufrage du *Great-Runner*

n'est malheureusement que trop avéré aujourd'hui.

— Je le crois ainsi que toi ; mais ce que je ne puis croire, c'est que mon fils ait péri. Je me rappelle tes propres paroles : parce que le bâtiment a échoué, ce n'est pas une preuve que tous ceux qui s'y trouvaient ont été les victimes du désastre. Ce malheur a eu lieu près des côtes d'Afrique ; il ne serait nullement étonnant que mon fils et d'autres s'y fussent réfugiés, comme cela est arrivé tant de fois à d'autres naufragés. Et d'ailleurs, Dieu ne commande-t-il pas au vent et aux flots, et ne peut-il pas rappeler du fond des abîmes l'enfant qu'il veut rendre à sa mère ? Je sens là dans mon cœur quelque chose qui me dit que je reverrai encore James, et dussé-je attendre encore bien des années, je ne me laisserai pas arracher cet espoir.

— Ce sentiment, ma tante, ne peut venir que du ciel ; et je veux espérer comme vous que Dieu, touché de vos larmes et de vos longues souffrances, vous consolera. En récompense de votre foi et de votre résignation, il vous rendra l'objet de vos regrets et de votre amour. Peut-être même ne vous le fera-t-il pas attendre longtemps...

— Que dis-tu, Patrick? aurait-on déjà reçu des nouvelles?

— Le bruit court à Londres, et je l'ai appris dernièrement à Dublin, que deux hommes de l'équipage du *Great-Runner* étaient parvenus à se sauver sur les côtes de l'Afrique.

— Et connaît-on le nom de ceux que le Ciel a pris ainsi sous sa protection?

— On parle d'un officier français et d'un jeune Irlandais. » Patrick avait dit ces mots avec une indifférence affectée, mais sa tante l'avait écouté avec une anxiété qu'il est plus facile de sentir que d'exprimer. Ses yeux brillaient d'un éclat qu'on ne leur avait jamais vu; sa respiration était suspendue et les battements de son cœur devenaient de plus en plus vifs.

« Et ce jeune Irlandais?... continua-t-elle en regardant fixement son neveu.

— C'est.... »

Patrick n'eut pas la force d'achever; mais il montra à sa tante le mouchoir qu'elle avait laissé dans la prison et que James avait remis à M. de Belleroche.

« C'est James!...

— Votre cœur l'a deviné.

— O Ciel! quel bonheur! mon Dieu, je vous remercie! vous avez daigné consoler mon veuvage! vous m'avez rendu mon enfant! Mais dis-moi, Patrick, où est-il? est-il ici?

— Il est en France.

— Ah! je n'y pensais plus, continua Mme Murphy, tandis que son front se rembrunissait, il est encore coupable aux yeux de la loi; il n'a pas subi le châtiment qu'elle lui avait infligé. Mais j'irai le trouver, fût-il dans un pays encore plus éloigné; je le verrai avant de mourir; et s'il n'a pas encore satisfait à la justice divine à laquelle l'homme ne peut échapper, eh bien! il écoutera, j'en suis sûre, les exhortations de sa mère; il aura pitié des douleurs qu'elle a endurées. Oh! oui, il sera sensible aux tourments que j'ai eu à souffrir pour l'avoir trop aimé; il mêlera ses larmes aux miennes, et nous nous consolerons tous les deux de l'espoir des miséricordes du Seigneur.

— Vos vœux sont déjà accomplis: James est réconcilié avec le Ciel, et notre roi lui a aussi accordé sa grâce. Bientôt il sera entre vos bras; il n'attend plus que son passeport. »

L'épouse de Patrick arriva sur ces entrefaites. « Eh bien! ma nièce, dit Mme Murphy, sais-tu déjà la bonne nouvelle que vient de m'apporter ton mari ?

— Oui, ma tante, et c'est pour vous féliciter que je suis descendue de ma chambre, où j'attendais non sans quelque crainte l'effet que produirait sur vous cette nouvelle.

— J'y étais préparée, ma nièce, car Dieu m'avait donné l'espoir de revoir un jour mon fils; et quand on espère, on a moins à craindre de la surprise. C'est au pied de la croix du Sauveur que cet espoir est venu éclairer mon âme déjà enveloppée des ténèbres de la mort, il est juste que nous allions ensemble au pied de cette même croix remercier le Seigneur de ses bontés. Suivez-moi, mes enfants. »

Ils entrèrent tous les trois dans la chambre de Mme Murphy, et, se prosternant devant la même image du Sauveur que Patrick avait montrée à sa tante dans son désespoir, ils prièrent longtemps en silence.

Après que Mme Murphy eut appris de son neveu tout ce que celui-ci avait entendu raconter par M. de Belleroche, elle voulut aller elle-même à Dublin pour parler à cet officier. Ce ne fut qu'avec peine que Patrick la fit renoncer à ce projet.

Pendant l'intervalle qui devait encore s'écouler jusqu'à l'arrivée de son fils, cette bonne mère ne crut pas pouvoir mieux employer son temps qu'à préparer elle-même le linge dont elle se doutait que James avait besoin, et à meubler l'appartement qu'elle lui destinait. Parmi les tableaux dont elle orna les murs elle suspendit aussi le médaillon.

CHAPITRE XIV.

Un beau jour.

Après trois semaines qui parurent une éternité à Mme Murphy et à son neveu, celui-ci reçut enfin de M. de Belleroche une lettre dans laquelle cet officier lui annonçait qu'il allait partir avec James pour Kilkenny.

Patrick s'empressa d'en donner connaissance à sa tante, et l'on fit les derniers préparatifs pour la réception de James.

Le lendemain le soleil s'était levé pur et radieux, comme pour ajouter à la solennité de la fête qui se préparait. Mme Murphy avait quitté ses habits de deuil à la première nouvelle du retour de son fils; mais ce jour-là elle avait soigné plus particulièrement sa toilette. Cette attention étonnera peut-être nos jeunes lecteurs, parce qu'ils ne connaissent pas tout ce qu'il y a d'amour dans le cœur d'une mère ; et Mme Murphy ne croyait pas faire assez pour célébrer le retour de celui qu'elle avait tant pleuré.

Toute la famille était descendue dans le jardin. C'était sous le beau ciel de ce jour si impatiemment attendu que Mme Murphy voulait recevoir son fils.

« Je sens, dit-elle, que j'ai besoin d'air pour respirer, et puisque le Seigneur veut bien nous accorder un temps si beau, il faut en profiter. »

Ils s'étaient déjà promenés pendant une demi-heure, lorsqu'ils entendirent le bruit d'une voiture qui s'approchait. « Le voici ! » s'écria Mme Murphy en retenant sa respiration et suspendant sa marche pour mieux écouter. Ses genoux tremblaient, et une vive rougeur lui montait au visage. Sa nièce s'approcha pour la soutenir; mais elle la repoussa doucement, en lui disant: « Va, mon enfant, je suis encore assez forte pour supporter mon bonheur. Je veux aller au-devant de James; » et, donnant le bras à Patrick, elle s'avança vers l'escalier qui conduisait du jardin à la maison. Au même instant, la porte s'ouvrit, et James parut avec M. de Belleroche.

James reconnut aussitôt sa mère, et, descendant rapidement les degrés, il vint se jeter à ses pieds. « O ma mère! s'écria-t-il d'une voix entrecoupée, pardon! pardon! »

Ses larmes et ses sanglots étouffèrent ses paroles, et il resta immobile et muet devant sa mère aussi immobile que lui. Mais la scène eut bientôt changé. Mme Murphy, revenue de sa première émotion, releva son fils, et, le serrant avec une étreinte convulsive entre ses bras :

« Viens, dit-elle, mon enfant : ce n'est pas aux pieds de ta mère qu'est ta place, c'est sur son cœur. Ce n'est pas à moi qu'il faut demander pardon, c'est à Dieu; et j'ai plus que toi besoin de sa clémence, car je suis plus coupable. »

Et, suspendue au cou de son fils, elle l'arrosait de ses larmes et le couvrait de ses caresses.

« Ah ! mon enfant, continua-t-elle, j'ai bien pleuré sur toi ; mais Dieu a eu pitié de mon cœur ; il a séché mes larmes. Celles que je répands maintenant sont des larmes de bonheur ; elles ne font pas de mal, mais elles soulagent, car elles viennent de Dieu. »

James était trop ému pour répondre ; il continuait de sangloter.

« Eh bien ! James, tu n'as donc rien à dire à ta mère ? reprit Mme Murphy.

— Ah ! s'écria enfin James en se faisant violence, j'ai beaucoup à vous dire. Vous connaissez mes égarements, mais il faut que je parle aussi des miséricordes de Dieu à mon égard.

— J'en ai appris quelque chose, mon fils ; et ce que je sais suffit en ce moment pour m'engager à remercier la divine bonté. Ton cousin partage mon bonheur, qu'il m'a annoncé le premier. »

James n'avait encore fait aucune attention à Patrick. Les dernières paroles de sa mère lui rappelèrent ce jeune homme si généreux, si désintéressé, qui ne s'était vengé que par un bienfait de l'indifférence dont il avait été si longtemps l'objet dans la maison de son oncle. Il se tourna vers lui, et, les yeux baissés, il voulut aussi lui demander pardon. Mais Patrick ne lui en laissa pas le temps, il lui tendit les bras, et James s'y précipita. Ils se tinrent longtemps embrassés, sans que l'un ou l'autre pût rompre le premier ce silence, plus éloquent que ne l'eût été aucune parole.

Pour ne point troubler cette scène si touchante, M. de Belleroche s'était tenu jusque alors à l'écart. Patrick l'aperçut, et, le prenant par la main, il le conduisit à Mme Murphy, qui tenait de nouveau son fils dans ses bras.

« Ma tante, lui dit-il, permettez-moi de vous présenter M. de Belleroche, à qui, après Dieu, nous devons le bonheur qui nous a tous réunis.

— Homme généreux, dit Mme Murphy en s'adressant à l'officier, les bontés que vous avez eues pour mon fils et la joie que j'en ressens aujourd'hui sont trop grandes pour que je puisse vous en remercier; mais ce que vous avez fait me prouve assez que la plus douce récompense pour votre noble cœur est de savoir que vous avez rendu un homme à la société, un fils à sa mère, et ramené un pécheur à son Dieu.

— La gloire en est due au Seigneur, Madame, répondit M. de Belleroche. C'est lui qui a opéré ces merveilles; c'est à son infinie bonté que votre fils doit son retour à la religion, et vous la joie de le revoir digne de votre amour. »

James fut présenté à l'épouse de Patrick ; il la remercia de la tendresse et des soins qu'elle avait témoignés à sa mère ; mais elle aussi était en larmes et ne pouvait répondre. Il alla ensuite prendre par la main une vieille femme qui avait échappé à l'attention de tout le monde, et, la conduisant à sa mère : « Ma mère, lui dit-il, Patrick doit vous avoir dit les droits qu'aurait à notre reconnaissance un jeune matelot échappé comme moi au naufrage, si Dieu lui avait laissé la vie. Dans l'impossibilité où nous sommes de lui payer cette dette, je viens vous proposer de nous en acquitter en partie sur sa mère en l'admettant dans notre famille. Je l'ai amenée de Londres et je vous la présente. »

La pauvre femme ne pouvait rien comprendre à tout ce qu'elle voyait et entendait. James, averti des intentions de M. de Belleroche, l'avait entraînée avec lui à Kilkenny, mais sans lui dire le projet que lui avait proposé l'officier.

Mme Murphy le comprit ; et s'adressant à la mère de William, elle lui expliqua ce que la conduite de James paraissait avoir d'étrange. La bonne vieille ne put trouver des paroles pour lui témoigner sa reconnaissance.

Mme Murphy invita toute la société à la suivre dans l'appartement qu'elle avait destiné à son fils. James fut saisi en voyant le médaillon qu'il avait autrefois vendu.

« Eh bien! James, lui dit sa mère avec un doux sourire, le garderas-tu cette fois? »

Le jeune homme ne répondit que par un soupir.

« Tu es étonné de le voir là, reprit Mme Murphy, je te dirai dans un autre moment de quelle manière il m'a été remis. Entrons maintenant chez moi. »

Lorsqu'on fut arrivé dans la chambre de Mme Murphy, celle-ci montra à son fils et à M. de Belleroche la croix au pied de laquelle elle avait puisé dans la prière cet espoir qu'elle voyait alors réalisé.

« C'est ici, dit-elle, que j'ai retrouvé la paix de l'âme, et que la justice d'un Dieu vengeur a fait place à la clémence et à la miséricorde ; c'est ici que je t'attendais, mon fils, pour rendre à ce Dieu de bonté les actions de grâces qui lui sont dues. »

Tous s'agenouillèrent autour de Mme Murphy, et ce ne fut qu'après avoir remercié le Seigneur avec un cœur attendri des grâces dont il les avait comblés, qu'ils allèrent s'asseoir au banquet que Patrick avait fait préparer.

James continua de faire le bonheur de sa mère. Associé à Patrick dans le commerce que celui-ci avait commencé, il vit ses efforts couronnés des plus beaux succès, et, dans l'espace de quelques années, il fut possesseur d'une fortune assez considérable pour oublier celle de son père, qu'il avait si malheureusement dilapidée.

Il ne cessa d'entretenir une correspondance active avec M. de Belleroche, qui était retourné dans sa famille et qui prenait toujours le même intérêt au bonheur de son jeune ami.

Nous regrettons de ne pouvoir communiquer cette correspondance à nos jeunes lecteurs; nous savons seulement que M. de Belleroche ne manquait jamais d'encourager James à la pratique de la vertu et de l'entretenir dans cette pieuse reconnaissance qu'il devait au Seigneur pour les rudes épreuves qui lui avaient ouvert la voie du salut.

FIN.

TABLE

Pages.

Tours, impr. Mame.